이제와 후에 11

글쓰는기계 장편소설

초판 1쇄 찍은 날 | 2018년 1월 19일
초판 1쇄 펴낸 날 | 2018년 1월 26일

지은이 | 글쓰는기계
펴낸이 | 예경원

기획 | 위시북스
편집책임 | 이규재
편집 | 이즈플러스

펴낸곳 | 예원북스
등록번호 | 제396-2012-000132호
등록일자 | 2012. 7. 25
KFN | 제1-193호

주소 | 경기도 고양시 일산동구 호수로 646-24 위너스21 II 빌딩 206A호 (우)10401
전화 | 031-819-9431 팩스 | 031-817-9432
E-mail | yewonbooks@naver.com

ⓒ글쓰는기계, 2017

ISBN 979-11-6098-686-0 04810
      979-11-6098-087-5 (set)

WISHBOOKS MODERN FANTASY STORY
글쓰는기계 장편소설
이계의 후예
11
Wish Books

아게의 후예

CONTENTS

68장
불로장생의 비밀(1)

그러나 가장 먼저 연락이 온 건 우샹카이였다.

-들었나?!

"뭘?"

-뭐라니! 네가 말한 대로다. 저우량위가 실각했어!

"아, 그 이야기였나."

우샹카이의 목소리는 흥분으로 가득 차 있었다. 수현이 말했을 때만 해도 반신반의했었지만, 실제로 그가 말한 대로 흘러간 것이다.

이제 이쯤 되면 수현의 노예로 굴러도 불만이 없을 정도였다. 말이 노예지 수현 밑에서만 잘 꼬리를 흔들면 계속 먹을 게 떨어지니⋯⋯.

-안 놀랍냐?!

"지금 내가 저우량위가 밀려난 거에 일희일비할 위치로 보이냐?"

-그, 그렇긴 하지.

우샹카이도 그걸 부정할 수는 없었다. 지금 전 세계는 인공 아티팩트로 떠들썩했으니까.

온갖 우여곡절이 있었지만, 인공 아티팩트의 발표회가 사람들에게 강렬한 인상을 남겼다는 건 아무도 부정할 수 없었다.

갑작스러운 대형 몬스터의 등장, 공격, 대피, 처치까지.

워낙 극적이었기에 몇몇 곳에서는 음모론이 생길 정도였다. 회장이 발표회 때 준비한 건 트롤이 아니라 사실 그림자고래 아니었냐고. 저렇게 나올 수가 있냐고.

물론 회장은 그런 음모론 따위는 전혀 신경 쓰지 않고 일축했다.

-그림자고래가 나타난 건 차원문 소란 때 넘어온 몬스터가 방어막 아티팩트에 자극을 받아 덤빈 것이다!

결코 자기의 잘못은 인정하지 않는 뻔뻔함!

사실 진상은 아무도 알 수 없었으니 이렇게 해도 문제는 없었다.

어쨌든 일은 성공적으로 마무리되었다.

그 와중에 수현이 너무 부각된 감이 없잖아 있었지만, 머리가 있는 사람이라면 인공 아티팩트의 가치에 대해 모를 수가 없었다.

초능력자가 없어도 초능력을 쓸 수 있는 것은 물론인 데다가, 기존 초능력자의 한계를 뛰어넘는 초능력을 구현할 수 있었다.

실제로 인공 방어막 아티팩트 정도의 방어막을 구현하려면 방어막 계열 초능력자를 수십 명 모아도 모자랐다. 방어막은 여러 명이 합칠 수가 없었으니까.

지금 사방에서 연락이 오고 있었다. 일반인들이야 '우와 대단하다! 앞으로 몬스터 나와도 괜찮은 건가?' 정도에서 끝났지만, 각국의 정부는 이 아티팩트를 어떻게 쓸 수 없나 회장에게 요청을 하고 있었다.

그리고 가장 애가 타는 건 의외로 미국 정부였다. 아직까지 회장과의 사이가 회복되지 않은 것이다.

관계자들도 회장의 성격을 잘 알고 있었다. 회장은 오기로라도 미국에 먼저 넘기지 않고 다른 국가에 아티팩트를 대여해 줄 수 있는 사람이었다.

덕분에 수현만 귀찮아졌다. 미국 정부 쪽에서 담당자가 와서 은근히 로비를 시도한 것이다.

회장의 화를 풀거나, 아니면 차라리 수현에게 아티팩트 사용의 허락을 받거나.

오히려 후자를 더 바라는 것 같기도 했다.

처음에는 바로 파악이 되지 않았지만, 눈치 빠른 사람들은 다 감을 잡았다.

저 인공 아티팩트는 김수현이 없으면 돌아가지 않는 것이다.

설마 회장이 1:9로 수현에게 밑지고 있다는 건 아무도 상상하지 못하고 있겠지만. 그래도 수현이 인공 아티팩트에 대한 권리를 갖고 있다는 건 분명했다.

어찌나 연락이 많이 오는지 수현은 일단 공식적인 연락망은 전부 꺼둬야 했다. 남은 건 대원들이나 개인적인 연락처 정도였다.

"그나저나 저우량위가 벌써 실각했다니. 너무 빠르지 않나? 아직 제대로 진상 조사도 못 했을 시간인데."

─당 내에서 열린 긴급회의에 소집되어서 갔지만…… 일단 그 회의에 갔다는 것 자체가 끝장이라는 걸 의미하거든. 거기 가서 무사하게 나온 놈이 없으니까. 아마 한직으로 쫓겨나겠지. 본토 어디 구석진 곳 같은데 말이야.

"거기도 살벌하군."

자기가 원인을 제공해 놓고, 수현은 아무렇지도 않다는 듯이 태연하게 말했다.

–어쩔 수 없어. 그 에멜늄, 에멜늄 맞지? 그게 연료인 거지?

'확실히 퍼졌군.'

에멜늄이 연료인 걸 숨길 생각은 없었다. 대놓고 말하지 않더라도 은근하게. 인공 아티팩트에 장전한 걸 본 사람들은 모두 감을 잡았을 것이다.

"난 무슨 소리인지 모르겠군."

–이봐, 나한테까지 이러기냐? 다들 에멜늄이 연료일 거라고 수군대고 있다고! 이제 와서 시치미를 떼봤자 늦었어!

"네 일에나 신경 써, 우샹카이. 리허쥔 약점은 찾았나?"

–윽……

아픈 곳을 찔린 우샹카이는 말을 삼켰다. 수현은 그걸 보고 혀를 찼다.

"이런. 우샹카이, 슬슬 내 선택에 회의감이 든다. 나는 네가 그래도 좀 머리가 돌아간다고 생각해서 손을 잡은 건데…… 지금 보니까 그냥 너 말고 다른 놈을 세우는 게 더 낫지 않았을까 싶기도 하고."

–아, 아니. 이건 내 능력 문제가 아니다. 애초에 상관의 약점을 찾는 게 쉬운 일은 아니잖나!

"위로 올라가고 싶으면 해야지. 애초에 너 말고도 난 진뤄궁이나…… 아니, 진뤄궁은 좀 아니지. 얘는 좀 많이 또라이야. 샤오메이도 있다는 걸 잊지 말라고. 이렇게 꼭 채찍을 들어야 열심히 하겠나?"

─……최선을 다하겠다.

위로는 리허쥔한테 까이고, 밑에서는 '너 교체해 버린다' 하는 협박이나 받고…….

우샹카이 정도 되면 카메론의 실권자였다. 카메론의 도시에서도 우샹카이를 보면 고개를 굽실거리는 사람이 많았다. 당 내부의 당원에 실권까지 있는 공직자는 흔하지 않았다.

당연히 그를 부러워하는 사람도 많았다. 그리고 우샹카이도 그런 시선을 은근히 즐겼다. 하급 직원들이나 젊은 대학생들이 그를 보고 우상을 보는 것처럼 눈빛을 반짝거리는 건 정말 짜릿한 즐거움이었다.

문제는, 실제로는 사방에서 구박을 받는 처지라는 점이었다.

─이번에 리허쥔이 야심 차게 뭘 계획하고 있는 것 같은데…… 거기서 뭔가 잡아낼 수 있도록 노력해 보겠다.

"뭐?"

수현은 호기심이 생겼다. 리허쥔 정도 되는 사람이 야심 차게 꾸미고 있다는 건 그만큼 가치가 있는 일이었다.

그리고 뺏기도 좋았다.

"뭔데? 말해봐."

─아니, 아직은 나도 못 들었어. 왔다 갔다 하면서 허가를 받으려고 하는 것 같던데……. 자세한 게 나오면 나한테도 들려주겠지.

리허쥔이 알게 된다면 뒷목을 잡을 일이었다. 지금 저우량 위가 실각된 틈을 타 권력 레이스를 달리려고 야심 차게 일을 준비했는데, 뒤에서는 부하란 놈이 몰래 적과 내통을 하고 있었다니.

"좋아. 나오면 바로 말해달라고."

─잠깐…… 아마 일을 벌여도 카메론에서 벌릴 텐데?

"그게 뭐 어때서?"

─지금 지구에서 바쁘지 않나?

"알 게 뭐야."

잘 맞지 않는 옷을 입고 있는 기분이었다. 사람들이 굽신거리면서 인공 아티팩트를 빌려달라고 하는 것도 한두 번이지, 계속 달라붙으니 슬슬 귀찮아졌다.

한국이야 지금 장관직 거래 때문에 몇 개 넘겨줄 생각이었지만 다른 국가까지 거래가 들어오니 골치가 아팠다. 상식적으로 수현이 거기 가서 살 것도 아닌데 유럽의 섬이나 성이나 기사직을 받아서 뭐하겠는가.

유럽 쪽 국가들은 현금 승부는 기본이고 주식부터 시작해서 아티팩트까지 다양하게 제안해 왔다.

그만큼 인공 아티팩트를 탐을 내고 있는 것이다.

"회장님, 잘 지내셨습니까? 얼굴이 좀 펴신 것 같은데."

"그러는 자네도 얼굴색이 좀 괜찮아진 것 같군."

"잠을 푹 자서 그렇죠. 에멜늄 녹이느라 한동안 밤을 새웠거든요."

"……."

회장은 대답 대신 시선을 돌렸다. 딱히 할 말이 없었다. 그는 괜히 주변을 두리번거렸다.

"뭘 찾으십니까? 여기 사람도 없는데."

안전과 보안을 위해 다른 사람들의 접근은 모두 차단된, 호텔의 펜트하우스였다. 누가 있을 리 없었다.

"자네한테 접근해 오는 사람은 많잖은가. 저번에도 로비스트가 왔었는데……."

"말도 안 되는 소리 하지 마시고요. 그래서, 정부와는 화해하셨습니까?"

대답 대신 회장은 고개를 돌렸다. 그것만으로도 충분히 대답이 되었다.

"적당히 하고 화해하시죠? 정부와 각 세워봤자 나올 게 없잖습니까."

"내가 야당을 지원하면 지원했지 내 뒤통수 친 놈들하고 협상할 일은 없어!"

가문 대대로 현 정권과 그 지지당의 후원자였지만, 회장은 아직도 뿔이 나 있었다. 한번 맞은 뒤통수는 쉽게 아물지 않았던 것이다.

여당 쪽에서는 '그래도 인연이 얼마인데 설마 반대쪽으로 넘어가지는 않겠지' 하고 조마조마하게 보고 있었지만, 야당 쪽에서는 거물 후원자를 잡을 기회라고 생각했는지 총공세를 펼치고 있었다.

"그렇게 아끼다가 타이밍 놓치면 어쩌시려고요? 인공 아티팩트도 결국 써야 의미가 있습니다."

인공 아티팩트가 정말 강력한 물건이지만, 아무한테도 주지 않고 창고에만 박아둔다면 역설적으로 가치가 떨어졌다. 사람들에게 계속 보여주면서 빌려주고 협상을 해야 가치가 생겼다.

"그런 놈들한테 주지 않아도 줄 곳은 많다네."

"중국에라도 대여해 주시게요?"

"어떻게 알았나?"

"?!"

수현은 깜짝 놀라서 회장을 쳐다보았다.

이 양반이 미쳤나?

"농담하시는 거죠?"

"농담은 아니야. 그리고 확정된 것도 아니고. 진지하게 고민하고 있네."

"회장님…… 아무리 회장님이 막 나가고 겁이 없다지만, 본토에 방어막 아티팩트를 설치하기도 전에 중국 본토에 대여를 하면 여론의 반대가 만만치 않을 겁니다. 괜히 무덤을 파는 짓은 하지 마시죠."

"나도 머리 있네."

"머리 있는 건 누가 모릅니까? 회장님 정도 위치면 주변 사람들이 조언을 못 하니까 혹시 놓쳤을까 봐 한 소립니다."

"나를 뭐로 보고……. 나는 누군가가 나한테 조언을 한다고 해도 화를 내지 않네."

수현은 어깨를 으쓱거렸다. 회장은 그걸 보고 고개를 내저었다. 말은 저렇게 해도 그에게 대놓고 돌직구를 던질 수 있는 사람은 많지 않았다. 친척도 그를 어려워하는데…….

어쨌든 수현은 그 몇 안 되는 사람 중 하나였다.

"그러면 뭡니까? 여론의 반대를 감안하고서 얻을 게?"

"중국 본토에 방어막 아티팩트를 설치해 주는 게 아니라, 중국 측이 카메론에서 벌이는 원정에 아티팩트를 임시 대여해 주는 거야."

"……?"

수현은 고개를 갸웃거렸다.

인공 아티팩트를 임시 대여하다니. 영토에 설치하는 것보다는 훨씬 리스크가 적기는 했다. 그러나 회장이 군이 중국 쪽에 빌려주는 이유를 알 수가 없었다.

인공 아티팩트를 건네주는 순간 일단 어떻게 분석을 당할지 모르는 것 아닌가. 회장이 투자한 프로젝트를 타인에게 염탐당할 빌미를 줄 이유가 없었다.

"군이 중국 쪽에 줄 필요가 있습니까? 회장님이 그렇게 공들인 기술을 뺏길 수도 있습니다. 중국 쪽도 연구를 안 하는 게 아니잖습니까. 게다가 최악의 경우 분실이라고 핑계를 대고 도난도 일어날 수 있고요."

카메론은 지구와 달리 언제나 무법적인 일이 일어날 수 있는 곳이었다.

"나도 머리 있다고 했지 않나? 다 생각을 했네. 일단 분실이라고 핑계를 대고 도난을 하거나 하지는 못할 거야. 분석을 하려고 한다면 우리 쪽 관계자들을 물리치고 아티팩트를 만져야 하는데, 중국 쪽은 그렇게 막 나가지 못해."

"어째서입니까?"

"자네 때문이지. 자네가 갖고 있는 에멜늄 때문에."

"아…… 생각해 보니 그렇군요."

"기술을 따라잡아 봤자 어디서 에멜늄을 구하겠나? 그런 짓을 했다가는 앞으로의 거래는 무조건 끊길 텐데."

기술만 독점하고 있는 게 아닌, 자원까지 독점하고 있기에 가질 수 있는 자신감.

"그런데 중국이 뭘 제안했습니까? 돈?"

"내가 돈 때문에 제안을 받아들이지는 않네. 놈들이 이번에 계획하고 있는 원정이 흥미로워서 말이야."

"어디로 가길래요?"

"하임켄 북동쪽. 자네가 갔던 옐브르프스키 산맥과는 거리가 좀 있는 곳이지."

"이 시기에 하임켄 북동쪽을?"

수현은 이해가 잘 가지 않았다. 개척이 하임켄에서 한동안 멈춘 데에는 이유가 있었다.

북쪽으로 가면 산맥의 특수한 자연환경이 길을 막았고, 북동쪽도 만만치 않게 위험했던 곳이었다.

그에 비해 하임켄 지역은 광물도 넘쳐 나는 곳. 한창 개발해도 모자랄 상황에 굳이 더 개척을 시도하는 사람은 드물었다.

게다가 현재는 아센 호수가 열려서 아네스 지역과 디브라오 지역까지 넘볼 수 있는 상황이었다. 하임켄 북동쪽을 새삼스럽게 노릴 필요가 없었다.

"자네도 거기에 일조를 좀 했을걸."

"제가 뭘?"

"자네가 거기서 중국인들을 꽤나 엿 먹였다고 들었는데. 당연히 거기서 작전을 펼치기 부담스럽지 않겠나? 자네와 부딪힐 가능성이 있는데."

수현은 피식 웃었다.

이게 이렇게 되나.

생각해 보니 과거로 돌아오기 전에는 중국 쪽에서 작정이라도 한 듯이 아네스 지역과 디브라오 지역에 투자를 했었다. 공개적인 방법과 비공개적인 방법 모두. 투자를 하면 그만큼 나올 것 같았던 것이다.

그러나 이제는 아니었다. 민간 기업들이 소소하게 자원 선점 레이스를 하면 모를까, 그 이상으로 작전을 벌이기에는 수현의 존재가 너무 커진 것이다.

"좀 미안하군요. 살살해 줄 걸 그랬나?"

"농담하는 거 보니 전혀 그렇게 생각하지 않나 보군."

"당연하죠. 애초에 작전을 거느냐 걸지 않느냐에서 상대가 강한 건 별로 중요하지 않습니다."

"그러면 뭐가 중요하지?"

회장은 별생각 없이 물었다.

"그야 뭘 얻을 수 있냐가 중요하죠. 계산을 해서 더 이익이다 싶으면 작전을 거는 거고요."

"상대가 강하면 본말전도잖나?"

"강하면 거기에 맞춰서 방법을 세워야죠. 도망을 가다니. 저 때는 안 그랬는데, 요즘 사람들은 노력을 안 하는군요."

"당사자가 말은 잘하는군."

농담하는 수현을 보며 회장은 고개를 저었다. 수현에 대해 모든 걸 아는 건 아니었지만, 그를 상대로 어떤 식으로 싸워야 이길 수 있을지 떠오르지 않았다.

전투력은 인류 최강 수준이었고, 별다른 약점도 없었다. 성격 면으로도 별로 문제가 없었다. 약점을 잡힐 바에는 먼저 잘라낼 것 같은 냉정한 성격에 금욕적인 생활 태도까지. 게다가 실제로 작전을 역이용한 전적도 있었으니…….

중국 쪽에서 학을 떼는 이유가 있었다.

국가야 거대한 세력이었지만, 그 밑에서 작전을 담당하는 책임자는 언제든지 잘려 나갈 수 있었다. 상대가 수현이라는 건 변명이 되지 않았다. 계속 실패하면 잘려 나가는 것이다.

그러니 수현을 상대로 자신감 넘치게 '제가 하겠습니다!' 하는 사람이 나올 리 없었다.

―더러워서 피하지, 무서워서 피하냐!

이런 게 대부분의 여론이었다. 사실, 무서워하기도 했지만.

게다가 그 공포 분위기는 저우량위가 실각되고 나서 더욱 심해졌다.

저우량위 정도 되는 실권자도 무사할 수는 없다!

브라질에서 나비가 날갯짓해도 텍사스에는 폭풍이 불 수 있듯이, 수현은 이제 거의 인간 재해 수준이었다. 직접적으로 뭔가를 하지도 않았는데 저우량위를 보내버린 것이다.

그런 사람이 뻔뻔하게 '요즘 사람들은 노력을 안 한다~'이러니 어이가 없을 수밖에.

사실 수현이야 현장에서 일할 때 위에서 까라고 하면 무조건 깠으니 저런 말을 할 자격이 있었다. 물론 그때야 상대에 수현이 없었지만. 수현도 자기 자신 같은 상대는 만나고 싶지 않았다. 적으로 만나면 징글징글할 것 같았다.

"어쨌든 하임켄 북동쪽이라······. 재밌군요."

원래라면 개척이 늦춰졌을 곳.

수현은 턱을 긁적거렸다. 미래가 바뀐 덕분에 밝혀지지 않았을 곳이 밝혀졌다.

"거기에 뭐가 있습니까?"

"에멜늄······."

"?!"

"······이 있으면 좋겠는데 그건 아니고."

"회장님……."

"왜, 나는 농담하면 안 되나?"

"중국 쪽에서 에멜늄 광산 나오면 저는 몰라도 회장님은 눈물 좀 흘리실 텐데요. 저랑 나눠서 독점하는 게 낫지 않겠습니까? 중국이랑 나눠서 독점하면 독점의 의미가 없어질 텐데."

"그건 그렇지. 거기 뭐가 있는지는 나도 정확히는 모르네. 아마 중국인들도 정확히는 모르겠지. 미개척지에 대해 정확히 알고 원정을 가는 경우가 얼마나 있겠나."

"그렇지만 아예 모르고 가는 경우는 드물지 않습니까. 특히 이렇게 회장님에게 아티팩트 대여를 요청할 정도의 일이라면 더더욱. 뭔가 탐나는 게 있을 텐데요."

회장은 음흉하게 웃으면서 고개를 끄덕였다.

"대외적인 목적은…… 하임켄 북동쪽 산악 지대의 개척과 자원 탐사, 그쪽의 이종족들과의 교류일세."

"모범적이군요. 그러면 진짜 목적은 뭡니까?"

"불로장생."

"……?"

늙지 아니하고 오래 삶.

사실, 회장은 이미 불로장생의 영역에 있다고 봐도 과언이 아니었다.

세기를 넘어서 저렇게 정정하게 사는 사람은 지구상에서 손가락에 꼽혔다. 그야말로 현대 의학과 카메론의 신비의 집합체였다.

"뭘…… 불로장생?"

"거기 이종족들이 불로장생의 비법을 갖고 있다는 소문이 돌았네. 내가 직접 얻은 게 아니라서 확신은 할 수 없지만, 중국인들이 이 정도로 원정을 할 생각이라면 꽤 믿을 만한 소문 아닌가?"

"불로불사도 아니고 불로장생인데 그럴 만한 가치가 있습니까?"

아예 죽지 않는 것도 아니고 그냥 늙지 않고 건강하게 사는 비법 아닌가.

그건 지금도 가능했다. 육체 강화 시술과 아티팩트와 함께 카메론의 몇몇 희귀한 재료를 꾸준히 복용해 주면 회장 정도의 건강을 유지할 수 있었다.

"난 더 젊어지고 싶네. 다른 사람들도 그렇겠지."

"너무 욕심이 과하신 거 아닙니까? 지금이 딱 좋으신데요. 더 젊어지면 좀 징그러울 것 같습니다."

"젊은 육체를 가진 자네가 말해봤자 짜증만 나니 그만하지. 현재 공산당 주석을 알고 있나?"

"당연히 알고 있죠."

중국 공산당의 서열 1위, 실질적인 최고 권력자나 다름없었다. 수현과 마주할 일은 없고 앞으로도 없겠지만, 그를 모를 수는 없었다. 워낙 거물이었으니까.

"그 사람이 몇 살인지 아나?"

"보자……. 백은 넘겼던 것 같은데요."

"그래. 그 나이쯤 되면 무슨 생각이 들 것 같나?"

"글쎄요? 더 오래 살고 싶다?"

"오래 살고 싶다, 건강해지고 싶다……. 사람은 늙으면 다 그렇게 되게 되어 있어. 특히 그 양반처럼 모든 걸 다 가진 사람이라면 더더욱."

회장은 아주 잘 안다는 듯이 말했다. 그럴듯했다. 회장도 비슷한 처지였으니까. 가질 건 다 가지고 남은 건 건강뿐.

"그런데 주석이 그걸 탐낸다면…… 설마, 주석 한 명 오래 살려고 그 원정을 벌인다고요?"

권력 남용도 보통 남용이 아니었다. 어이가 없을 수준.

회장은 고개를 저었다.

"주석이 설마 직접 지시를 했겠나. 애초에 중국 본토에 있는 권력자들은 카메론에 대해 잘 몰라. 의외일 정도로 잘 모르지. 아마 이런 걸 계획하는 놈들은 카메론의 중국인들이겠지. 주석이야 아무 말 안 하고 있지만 불로장생의 비법을 캐서 바친다면 얼마나 기뻐하겠나? 게다가 공산당 안의 권력자 중 노인이 주석만 있는 건 아니지."

"성공할 경우 이걸 맡아서 지휘하는 놈은 파벌의 안으로 들어가겠군요. 다들 줄을 타느라 참 고생이네요. 안 그렇습니까? 그냥 마법사가 되면 줄 안 타도 이곳저곳에서 불러주는데."

"······중국처럼 당의 힘이 큰 나라는 파벌이나 라인이 중요할 수밖에 없지. 꽌시 모르나, 꽌시. 어쨌든 카메론의 중국인들은 불로장생의 비법을 바쳐서 주석과 휘하 늙은이들에게 예쁨을 받고······."

회장은 찻잔을 들어 홀짝거렸다. 수현은 액체의 색깔과 향으로 그게 붉은돼지버섯을 우린 것이라는 걸 알아차렸다.

'아니, 저건 아직도 안 밝혀졌나? 안 밝혀졌다고 쳐도 슬슬 질릴 때도 되지 않나?'

회장은 건강에 좋은 거라면 트롤 간이라도 씹어 먹을 사람이었다.

"······나는 그 비법이 나올 경우 공유를 하는 거지. 물론 표면적인 이유는 발견 시 나오는 걸 나눠 가지는 걸세. 광산이나 이종족에 대한 교역권이나······. 그런데 이거야 지금도 충분하고. 사실 나도 저 불로장생의 비법이라는 게 탐이 나서 말이야. 그래서 고민하고 있었네."

아티팩트를 대여해 주는 대신 나오는 결과에 대한 권리를 얻는 것이다. 당연히 아티팩트와 함께 책임자들을 파견해서 제대로 감시를 해야 했다. 엄청나게 위험한 고민은 아니어도 쉽게 내릴 수 있는 결정은 아니었다.

"그런데 하임켄 북동쪽에 뭐가 있길래 인공 아티팩트를 대여하려고 하는 겁니까?"

"몬스터도 그렇고 이종족도 그렇고 상당히 위협적이라고 들었네. 아직 결정을 안 해서 자세한 건 나도 모르고…… 애초에 카메론의 산악 지대는 위험한 놈들투성이잖나. 거인 계열 몬스터는 기본으로 나오는 곳이니."

에우터프의 암석 거인만 해도 한동안 개척을 막은 일등 공신이었다. 아직도 미군 쪽에서는 거인의 이름만 들어도 이를 갈았다.

거인 계열 몬스터들은 산악 지대에서 자주 보였다.

"그리고 공격용 아티팩트 같은 경우는 거인 몬스터를 상대할 때 진가가 나오니까."

인공 아티팩트는 상대적으로 느리고 덩치가 큰, 어마어마한 공격력과 방어력을 가진 몬스터한테 적합했다. 작고 빠르게 움직일 수 있는 놈에게 맞추려면 보통 어려운 게 아니었다.

"그렇긴 하군요."

"어떻게 생각하나?"

회장은 수현의 의견을 기대하고 있었다.

그도 어지간한 전문가는 뺨을 칠 정도로 카메론에 대해 박식했지만, 그래도 수현을 보면 겸손해질 정도였다. 카메론에 관해서 판단한 것 중 틀린 적이 없을 정도로.

일반인들이야 수현을 정말 강한 초능력자 정도로 취급하지만, 회장은 그렇게 생각하지 않았다.

수현의 가장 큰 장점은 저 냉정한 판단력이었다.

"괜찮지 않겠습니까? 중국 쪽에서도 이런 걸로 수작을 부리지는 못할 겁니다. 자칫했다가는 일이 커질 테니까요. 꿍꿍이가 있다고는 생각되지 않습니다만……."

인공 아티팩트를 만드는 기술도 수현 쪽에, 에멜늄 광산도 수현 쪽에, 에멜늄을 녹일 수 있는 사람도 수현 쪽에 있었다.

이런 상황에서 서툰 짓을 할 사람은 없었다. 이상한 꿍꿍이는 없을 것이라고 봐도 됐다.

오히려 꿍꿍이는 수현 쪽에 있었다.

'이거 설마…… 우샹카이의 상관, 리허쥔이 꾸미고 있는 원정인가?'

저우량위가 실각하고 나서 리허쥔은 신이 나서 움직이고 있다고 들었다. 새로운 권력 레이스에서 경쟁자가 탈락했으니 지금이 곧 기회.

회장이 설명한 걸 들어보면 리허쥔의 상황과 딱 들어맞았다. 그렇다면 수현이 빠질 수 없었다. 수현은 어떤 핑계를 대야 저 원정에 낄 수 있을지 고민했다.

중국인들이 수현의 생각을 알았다면 욕설을 퍼부었을 것이다. 수현을 피하려고 아네스 지역에서도 물러났는데, 다른 지역까지도 쫓아오는 집요함!

'원정에서 리허쥔을 견제하고……'

여러모로 흥미로웠다. 하임켄 북동쪽에 뭐가 있는지 알아내는 것도 있었고, 수현이 그 자리에 낀다면 그 성과를 몰래 빼돌릴 수도 있을 것이다.

그러면 자연스럽게 리허쥔도 견제가 되겠지.

물론 중국인들이 눈을 부라리며 감시를 하겠지만 수현이 언제 그런 걸 신경을 썼나.

'몰래 훔치면 되지.'

게다가 이쪽에는 도둑질의 대가인 엘프도 있었다.

'괜찮은데?'

"그래? 괜찮나?"

"하지만 회장님, 이 계획에는 한 가지 맹점이 있군요."

"뭔가?"

"따라가는 사람이 중요하다는 점입니다. 인공 아티팩트의 관리부터 시작해서 중국인들이 허튼짓하지 못하도록 감시를 해야 하니까요. 게다가 신뢰도 중요합니다. 중국인들이 무력만 쓰는 건 아니잖습니까? 매수도 잘하죠. 돈이든 사람이든 권력이든 뭐든 줄 수 있는 게 그들입니다."

수현이 장황하게 떠들자 회장은 슬슬 불안한 표정을 지었다. 뭔가 찜찜한 기분이 들었던 것이다.

"……그래서 블루베어 1팀이나 이클립스를 동원하려고 했는데……."

"그보다 더 믿음직스러운 사람이 있습니다."

"그게 누군가?"

회장은 반색했다. 그런 인재가 있어?

"바로 저죠."

"……."

"저를 넣어주시면 감시는 물론이고 성과도 빼돌…… 아차, 빼돌리지는 않고 조금 유리하게 조작할 수도 있고……. 좋지 않겠습니까?"

"아니, 중국인들이 자네 때문에 하임켄 북동쪽을 고민하고 있는데 거기에 들어가겠다는 건가?"

"중국인들이 저 때문에 하임켄 북동쪽으로 간다고 공식 발표라도 했습니까?"

"그건 아니지만……."

필요하다면 언제든지 말꼬리를 잡고 늘어지는 유치함!

회장은 의외의 제안에 당황하는 기색이었다. 사실 수현이 따라간다면 그보다 더 믿음직스러운 사람도 없었다. 중국의 매수에는 절대 통하지 않을 것이고 무슨 상황이 벌어져도 싸울 수 있을 테니까.

하지만 뭔가 본능적으로 불안함이 들었다.

수현이 이렇게 친절하게 나설 리 없는데?

"놈들이 공식적으로 밝히지는 않지만, 자네가 원정대에 있다는 것만 들어도 경기를 일으킬걸? 어떤 핑계를 써서라도 반대할 걸세."

"회장님, 당연히 그럴 때는 꼼수를 써야죠. 인공 아티팩트를 대여해 주는 대신 그 인공 아티팩트를 관리하는 인원은 회장님의 재량으로 선발한다고 하시면 됩니다. 중국인들은 인공 아티팩트를 대여받았다는 것에 기뻐서 그런 건 신경도 쓰지 않을걸요?"

실로 악마 같은 발상!

회장은 떨떠름한 표정으로 고개를 끄덕였다. 확실히 수현이 말한 대로 하면 통과될 가능성이 높았다.

설마 중국인들이 감시역으로 수현이 따라올 거라고 생각이나 하겠는가. 몸값이 얼마인데. 회장 휘하 초능력자 부대 정도나 오겠지 싶을 것이다.

"알…… 겠네. 그러면 그렇게 하지."

아직 만나지 않았음에도 불구하고 현장에 있을 중국인들의 표정이 상상이 갔다. 회장은 고개를 절레절레 저으면서 중국인들에게 미리 마음속으로 사과를 했다.

수현은 휘파람을 불며 회사의 정문으로 발을 디뎠다.

모든 게 순조로웠다. 인공 아티팩트는 성공적으로 일단락 되었고, 에멜늄을 녹이는 건 귀찮았지만 일단 비축분이 꽤 있 었으니까. 거기에 이번 중국 쪽 원정에서 잘만 한다면……

'카메론에서의 중국을 손에 넣을 수 있다.'

수현은 다른 사람들은 상상도 못 할 계획을 그려가고 있 었다.

"……?"

그런 수현의 생각을 멈추게 한 건 한 무리의 사람들이었다.

사람들이 회사의 정문 앞에서 웅성거리며 서 있었다. 들고 있는 장비를 보아하니 방송사에서 온 것 같았다.

"뭡니까?"

"아, 김수현 씨!"

수현의 얼굴을 알아본 남자가 반색했다. 지구에서도 수현 의 얼굴을 알아보는 사람이 많았는데 카메론에서는 더 말할 것도 없었다.

남자는 바로 수현의 손을 잡고 악수하려고 했다. 그러나 수현은 염동력으로 남자를 막았다.

"어?"

"악수하기 전에 신분부터."

"아, 죄송합니다! 저는 DBS 방송국에서 일하고 있는 정현식이라고 합니다."

"그게 누군데요?"

"······!"

남자는 당황하는 표정을 지었다. 그도 그럴 것이, 그는 상당히 유명했던 것이다. 몇 개의 프로그램을 성공적으로 히트시켜 유명인의 반열로 오른 PD.

그런 그를 모르는 사람은 흔하지 않았다.

그러나 수현은 뉴스나 가끔 보는 일 중독자!

"어······ 그러니까······."

"아니, 누군지는 됐고. 여기서 뭐 하시는 겁니까? 보통 먼저 약속을 잡았으면 여기서 이럴 이유가 없는데?"

수현이 유명해지면서 엉클 조 컴퍼니도 덩달아 유명해졌다. 게다가 그때 인원을 새로 뽑는다고 사람이 구름처럼 몰려왔던 일도 있었다 보니, 회사의 부지 관리는 더 철저해졌다.

잡상인은 사절!

이제 들어와서 누군가 만나려고 해도 미리 약속을 잡고 허가를 받아야 했다. 어지간한 연구시설이나 군 기지보다 보안이 철저했다.

"그······ 저희 방송에 섭외하고 싶은 사람이 있어서요. 다시 한번 부탁하러 왔습니다."

"다시 한번? 전에 거절당했다는 겁니까?"

"네."

"그러면 다시 와도 의미가 없죠. 이렇게 사람 끌고 오면 뭐 달라질 것 같습니까? 부담을 주겠다 이거예요?"

"아, 아니. 그게 아니라……."

마음을 들킨 정현식은 움찔했다. 실제로 수현을 대면해 보니 카리스마가 보통이 아니었다.

'과연 소문이 거짓말이 아니었구나.'

오히려 소문이 더 축소된 느낌이었다. 말을 한 마디, 한 마디 할 때마다 압박감이 느껴졌다.

상대가 움츠러든 걸 느끼자 수현은 갑자기 궁금해졌다.

'그런데 누구지?'

"그런데 누구를 방송에 내보내려고 한 겁니까? 김창식인가?"

카메론의 용병들이나 초능력자 중에서는 방송인으로 전향한 사람도 몇 명 있었다. 그중에서 성공한 사람도 몇 있었고.

처음에야 대중이 모르는 카메론의 생활이나 몬스터의 습성, 초능력자들이나 용병들에 관한 이야기를 하니 다들 좋아하고 재밌어하지만, 원래 이런 이야기들은 하다 보면 할 말이 없어지게 마련. 방송에서 성공하려면 따로 능력이 필요했다.

그런 면에서 수현은 김창식 같은 사람은 방송에 나가도 잘할 것 같았다. 워낙 성격도 무난하고 유쾌했으니…….

"아, 아닙니다. 김창식 씨는 분명 좋긴 하고, 섭외되면 영광인데…… 조금 접근하기 힘든 느낌이 있잖습니까?"

"???"

수현은 기묘한 표정을 지었다.

그랬나?

생각해 보니 수현이 김창식을 좀 관리하기는 했다. 다른 대원들은 풀어주더라도 그는 사고 치지 못하도록 단단히 말해둔 것이다.

김창식이 입이 싼 것도 있었지만, 그의 초능력은 비밀로 유지하는 게 중요했다.

안 그래도 유명해져서 다른 사람들이 관심을 가질 텐데 실수로 들키기라도 하면…….

그가 지구에서 인공 아티팩트 관련으로 움직이고 있을 때도 김창식은 아마 별다른 걸 하지 못했을 것이 분명했다.

김창식도 예전에는 불평을 했지만 이제는 불평하지 않았다. 그도 그가 얼마나 유명해졌는지 안 것이다.

들키는 순간 전 세계급 망신!

"아, 예. 뭐 그렇다 치고요. 김창식이 아니면 누굽니까?"

"드리짓 샤이나 씨 있잖습니까? 수현 씨 밑에서 일하고 있는 다크 엘프요."

"걔를? 방송에?"

수현은 정현식을 미친놈 보듯이 쳐다보았다.

다크 엘프를 방송에 내보내다니, 이게 무슨 헛소리?

"다크 엘프를 방송에 내보낸다는 게 무슨 뜻인지는 압니까?"

"당연히 압니다! 예전에 다크 엘프들 때문에 많은 사건이 일어난 것도 알고요. 그렇지만 이제는 좀 달라졌습니까? 그 이유 중 하나가 김수현 씨 때문이고요."

수현의 밑에서 활약하는 다크 엘프가 안 알려질 수 없었다. 실제로 그 때문에 이미지가 많이 좋아지기도 했고.

정현식은 바로 그런 걸 노렸다.

다크 엘프가 이미지가 좋아진 지금, 방송에 전혀 출연한 적 없는 다크 엘프를 데리고 간다면?

사람들의 관심은 약속된 것이나 다름없었다.

게다가 지금 평양에는 다크 엘프들이 여럿 와 있었다. 샤이나만 설득할 수 있다면 다른 다크 엘프들도 부를 수 있는 건 기정사실!

"방송에 나온다면 이미지가 더 좋아질 겁니다. 드리짓 씨한테도 좋은 일일 거고요. 수현 씨께서 설득해 주시는 건 어떻습니까?"

"일단 샤이나는 내가 설득한다고 말을 들은 사람이 아닙니다."

명백한 겸손.

수현이 말한다면 샤이나는 싫어하더라도 나갈 것이다. 그러나 수현은 그렇게 말하지 않았다.

"그리고 두 번째로 샤이나가 싫다면 그걸로 끝입니다."

"아니, 수현 씨! 잘 생각해 주세요. 이건 그냥 방송이 아니라 다크 엘프들 전체의 이미지가⋯⋯."

"그러니까 그걸 걔가 왜 신경 써야 하는 겁니까? 이미지가 좋아져야 할 필요가 있습니까? 내 밑에서 일하는 사람인데 누가 시비라도 거나?"

수현의 목소리가 낮아지고 차가워지자 정현식은 침을 삼켰다. 무언가 잘못 건드린 느낌이 났다.

"샤이나가 싫다면 싫은 거지 뭔 이미지에 다크 엘프에⋯⋯ 사람이 좋게 말해주면 적당히 알아들어야 하는 거 아닌가? 선심이라도 써주는 것처럼 이야기하는군?"

"죄, 죄송합니다!"

"사람 귀찮게 하지 말고 저리 가라고."

정현식은 머리를 숙이더니 황급히 도망쳤다. 수현은 고개를 저으며 안으로 들어갔다.

이번에 가게 될지도 모르는, 하임켄 북동쪽에 대해 나와 있는 정보를 모아서 대원들에게 나눠 준 다음 수현은 간단하게 설명을 했다.

중국 쪽에서 인공 아티팩트까지 대여하며 원정을 기획했으니 그렇게까지 위험한 곳은 아닐 것이다. 그래도 언제나 만전의 준비를 하는 게 좋았다.

"이종족은 적대적입니까?"

"꽤 적대적이라고 들었다."

"드워프야?"

"일단 확인된 건 드워프 정도라던데. 그건 왜?"

"산에 사는 드워프들은 성질이 사납잖아."

샤이나의 말에 루이릴이 고개를 끄덕였다.

'다크 엘프들이 드워프들한테 성질이 사납다고 할 처지가 되나?'

성질이 사나운 걸로 치면 다크 엘프만 한 종족이 없었다.

"산에 사는 드워프 부족들은 좀 외골수인 애들이 많거든. 평지에 사는 드워프들은 성격이 괜찮은데."

"지하는?"

"지하는 음…… 잘 모르겠네. 나도 지하에서 사는 드워프

들은 만나본 적이 별로 없어서. 지하에 사는 드워프들은 만

날 일이 별로 없어. 워낙 폐쇄적이라서."

"산에 사는 드워프 부족들은 보통 어떻습니까?"

로렌스가 궁금하다는 듯이 루이릴을 보며 물었다.

"침입자 싫어하고, 자기들 생활 방식 바꾸는 거 싫어하지? 접근하면 화내고. 게다가 강해서 더 골치가 아파."

"강합니까? 드워프들이?"

로렌스는 드워프들이 강해 봤자 얼마나 강하나 싶어 물었다.

"꽤 강해. 산에 사는 드워프 부족들은 전통이 긴 부족이 많거든. 그리고 전통이 긴 부족들은 보통 아티팩트도 많고 지형도 잘 안단 말이야. 잘못 걸리면 크게 다친다?"

"루이릴 말이 맞다. 이종족이라고 무시할 생각은 하지 말도록. 총이나 폭탄이 없어도 그들에게는 초능력이 있으니까."

'그런데 초능력도 우리가 더 세지 않나?'

수현의 말을 들으며 김창식은 그렇게 생각했지만 굳이 말로 꺼내지는 않았다. 괜히 구박을 듣고 싶지는 않았으니까.

"어쨌든 이종족들과 몬스터 정도가 주의해야 할 사항이다. 여기 있는 사람들은 산악 지대에서 나오는 몬스터에 대해서는 잘 알 테니 굳이 추가적으로 설명하지는 않겠다."

평양 남쪽의 에우터프 지역은 평야와 구릉, 산악 지대가

혼성된 곳. 그리고 가장 많은 개발이 진행된 곳이었다. 미국과 한국 쪽이 앞장서서 개발했으니까.

당연히 관련 정보도 많이 모인 상태였다. 암석 거인만 해도 에우터프에서 잡은 놈 아닌가.

"하임켄 북동쪽이니 조금 다른 놈이 나올 수도 있겠지만…… 전력이 전력이니 어지간해서는 잡을 수 있을 거다."

"그런데 이종족과 접촉하는 게 목적이라고 하지 않았어?"

"정확히는 비법을 알아내는 게 목적이라고 했지."

"어떻게 한다는 거지?"

"그거야 그쪽에서 알아서 할 일이니까. 아마 방법을 생각해 뒀겠지. 어떤 방법이든 간에……."

수현은 살짝 말끝을 흐렸다. 중국은 고압적인 방법을 자주 쓰는 것으로 유명했다. 그것 때문에 차원문 연합 내부에서 많은 비판을 받았고, 이종족들 사이에서도 악명이 퍼지자 요즘은 좀 자제를 하고 있었지만, 원래 사람이든 국가든 쉽게 바뀌는 법은 없었다. 필요하면 얼마든지 쓸 것이다.

'뭐, 상황 봐가면서 맞춰서 이용해야지.'

중국 쪽이 고압적인 방법을 쓰면 나쁜 경찰과 착한 경찰 방법을 써도 됐고. 방법은 무궁무진했다. 이종족들 어르는 건 수현에게 일도 아니었다.

회의가 끝나고, 밖으로 나오면서 수현은 김창식에게 물었다. 아까 밖에서 만난 정현식이 생각났던 것이다.

"방송 나가는 것에 대해 어떻게 생각하나?"

"예? 제가요? 그건 갑자기 왜 물으십니까?"

"아니, 그냥 생각이 나서. 내가 이번에 지구에서 겪은 일도 있잖아."

"혹시 저한테 섭외라도 왔습니까?"

"내가 그냥 물은 거라고 했지?"

"……저야 물론 환영이죠! 어디서 부르든지 나갈 수 있습니다!"

그래, 이런 놈이었지.

수현은 한심하다는 듯이 물었다.

"초능력은 어떻게 하려고?"

"아차……! 어떻게 잘 숨기면 안 될까요? 닿지 않으면 일반인들은 모를 테니까……."

"바랄 걸 바라라. 이거나 써."

"예? 뭡니까, 이거?"

"화염 계열 초능력 아티팩트."

이건 화염 계열 초능력 아티팩트 중에서도 상급의 아티팩트였다. 형태와 화력 조절이 자유로웠고, 파워도 강했다. 아티팩트 시장으로 가면 몇백억은 넘어가는, 국보급 아티팩트. 범죄 조직을 털고서 얻어낸 보물이었다.

"아티팩트는 저도 있습니다만?"

엉클 조 컴퍼니가 얻어낸 것도 있고, 루이릴의 컬렉션도 있으니 아티팩트로 부족함을 겪지는 않았었다.

"이건 성능이 다른 거야. 앞으로 초능력을 보여줘야 할 일이 생기면 이 아티팩트로 속여라."

"……팀장님!"

수현의 뜻을 알아차린 김창식이 감격한 표정으로 달려들었다. 수현은 살짝 피했다. 김창식이 제자리에서 허우적거렸다.

"네가 문서연이냐? 그냥 고마워해."

"예!"

"협상을 끝냈네. 인공 아티팩트와 원정에 대한 감시단을 파견하는 것도 합의했고."

"반발하지는 않았습니까?"

"반발은 무슨. 인공 아티팩트 대여만 해도 엄청나게 기뻐하더군. 내가 이렇게까지 쉽게 허락할 줄은 몰랐던 모양이야. 불쌍하게도."

"뭐가 불쌍합니까? 제가 같이 가꾸는 걸 감사히 여겨야죠."

"……어쨌든 부탁하네. 이렇게 된 이상 자네를 믿어야지."

"이렇게 된 이상은 또 뭡니까, 회장님. 어쨌든 알겠습니다. 대원들 데리고 합류할 테니 저만 믿으시죠."

우샹카이는 긴장된 표정으로 앞을 쳐다봤다. 오늘 아침, 그의 상관인 리허쥔에게서 충격적인 발표를 들은 것이다.

─미국의 찰스 회장에게서 인공 아티팩트 대여를 허가받았다. 이걸 무기로 하임켄의 북동쪽을 공략한다!

듣는 순간 우샹카이는 많이 혼란스러웠다.

어떻게 찰스 회장 같은 거물을 설득한 거지? 아니, 그리고 저 인공 아티팩트는 분명 김수현한테도 권리가 있는 물건일 텐데? 김수현이 알고서도 우리 쪽에 대여하는 걸 허가해 준 건가? 설마 몰래 했나? 잠깐, 그러면 내가 이렇게 가만히 있어도 되나? 김수현한테 빨리 정보를 전달 안 하면 나중에 욕먹는 거 아닌가?

순식간에 팽팽하게 돌아가는 머리!

리허쥔은 우샹카이를 보며 물었다.

"표정이 왜 그렇지?"

"아, 아무것도 아닙니다."

"이번에 잘하라고. 저우량위처럼 되고 싶지 않다면 말이야. 하하하!"

우샹카이는 고개를 돌려 리우 신을 쳐다보았다. 리우 신의 눈썹이 꿈틀거렸다. 심기가 불편한 것이 분명했다.

'쯧쯧. 저놈도 참……'

저우량위가 당 회의에 끌려간 이후 이미 실각은 기정사실이 되어버렸다. 당연히 그가 이끌던 파벌은 공중분해 됐다.

아무런 능력도 없는 사람이야 당연히 저우량위처럼 한직으로 물러나거나 당을 나가야 했겠지만, 리우 신 같은 현장에서 뛸 수 있는 초능력자는 그게 아니었다.

당에서도 아까운 인재인 것이다.

당연히 다른 곳으로 보내서 계속 일할 수 있게 해줬다. 일종의 특혜지만, 당사자에게는 별로 특혜로 느껴지지 않았다. 하루아침에 다른 파벌로 옮겼는데 좋은 대접을 받을 리 없었으니까.

리우 신과 저우량위 쪽 몇몇 초능력자는 이번에 리허쥔이 계획한 원정에 참여하게 됐다.

당연히 선택권은 없었다. 덕분에 그들의 얼굴은 매우 우울해 보였다.

물론 리허쥔은 아랑곳하지 않고 웃어댔다. 이미 권력 레이스에서 승기를 잡았다고 확신하고 있는 그였다. 리우 신을 포함한 다른 초능력자들은 우습게밖에 느껴지지 않았다.

그러는 동안 우샹카이는 어떻게 수현에게 연락을 할지 고민했다.

'어떻게 연락한다……'

"아, 저기 오는군. 우샹카이, 가서 모셔 오도록. 이번 원정을 도와줄 귀중한 전력들이니 말이야."

미국과 중국은 표면적으로는 서로를 견제하는 두 초강대국이었지만, 협력한 경우만을 따져 본다면 의외로 많았다.

카메론에서의 이익이 그렇게 만든 것이다. 경쟁을 한다고 하더라도 이익 앞에서는 얼마든지 손을 잡을 수 있는 게 국제 관계였다.

실제로 호수의 그림자고래도 중국과 미국 쪽 전력이 힘을 합쳐서 잡은 것 아닌가.

기술이나 전력이나 가장 앞장서서 달리고 있는 두 나라니 어찌 보면 당연한 일이었다.

우샹카이는 상관의 말에 옷매무시를 가다듬고 다가갔다. 미국에서 온 귀중한 전력들이니 최대한 예의 바르게 대해야 했다.

"안녕하십니까. 먼 길 오느라 수고 많으셨습니다."

"오냐."

"……?"

우샹카이는 고개를 숙인 채로 의아해했다.

잘못 들은 건가?

"예?"

"오냐라고 했잖아. 귀가 막혔나?"

'이게 뭔……?'

우샹카이는 고개를 들었다. 어이가 없었다. 미국 쪽에서 이렇게 무례한 놈을 담당자로 보내다니? 어디 처음 보는 사람이 이런단 말인가. 어지간히 그를 얕잡아보지 않았다면…….

"허억!"

우샹카이는 저도 모르게 주저앉았다. 순간 그는 헛것이라도 본 줄 알았다.

김수현이 미국인들과 같이 서 있었다. 그는 피식 웃으면서 넘어진 우샹카이를 일으켜 세웠다.

"어디 안 좋으신가?"

"너, 너, 어떻게…….."

리허쥔이 뒤에서 우샹카이를 노려보는 게 느껴졌다. 모시고 오라고 했더니 넘어져?

"표정 관리 하라고. 상관한테 의심받고 싶은 건 아니겠지?"

"대체 어떻게 된 거냐?"

"널 못 믿겠어서 직접 왔다."

"우리 쪽에서 네가 오는 걸 허가했다고?"

"정확히 말하자면 내가 오는 걸 허락한 건 아니고, 아티팩트를 빌려주는 회장이 재량껏 인원을 선발하는 걸 허락한 거지. 난 약속 어긴 거 없다고."

둘이 계속 떠들자 리허쥔이 다가왔다. 그는 우샹카이가 손님들을 모시지 않고 떠드는 모습에 화가 난 모양이었다.

"우샹카이, 지금 뭐 하는…… 으허억!"

리허쥔의 반응은 딱히 우샹카이와 다르지 않았다. 우샹카이는 그걸 보고 쾌감이 밀려오는 걸 느꼈다.

리허쥔은 김수현의 얼굴을 보고, 불치병에 걸린 사람이 보여주는 다섯 단계의 과정을 그대로 보여주었다.

첫 번째로는 부정.

"김, 김수현이 여기에는 왜……?"

그다음으로는 분노.

"이게 말이 되냐! 이게 말이 되냐고!"

우샹카이의 멱살을 잡고 흔들어 댔지만 우샹카이도 뭐 할 수 있는 게 없었다.

게다가 이건 리허쥔이 단독적으로 진행한 일 아닌가. 우샹카이는 앞뒤로 흔들리면서 '죄송합니다'만 반복했다. 그러나 속으로는 웃고 있었다.

너도 당해봐라!

"관리 인원을 보내라고 했지 누가 김수현을 보내라고 했냐!"

김수현을 피해서 하임켄 북동쪽을 공략하려고 했는데 거기에 또 쫓아오다니. 아주 징글징글했다.

분노가 끝나자 다음은 타협이었다.

"아니, 어떻게 안 되겠습니까? 저희가 그 마법사의 전력을 못 믿겠다는 게 아니라. 아주 귀중한 전력 아닙니까? 한국뿐만 아니라 지구의 귀중한 전력이잖습니까. 저희도, 한국도, 심지어 미국도 마법사의 신세를 진 적이 있는데. 이런 원정에서 다치기에는 너무 아까운 인재잖습니까!"

필사적으로 수현을 돌려보내려는 노력!

그러나 인공 아티팩트를 관리하기 위해 따라온 다른 미국인들은 바로 고개를 저었다. 오기 전에 들은 회장의 명령.

　─그냥 김수현이 하라는 대로 해라. 그러면 못해도 절반은
갈 테니까.

　미국인들이 단칼에 거절하자 리허쥔은 공황 상태에 빠
졌다.
　진짜 저 마법사 놈을 데리고 이 원정에 가야 한단 말인가?
　리허쥔은 우울 단계에 빠졌다. 방금까지 멋들어지게 잡은
계획이 모두 꼬이는 느낌이었다.
　결국 그는 모든 걸 수용하게 됐다. 물론 그렇다고 기분이
나아지는 건 아니었다.
　"빌어먹을…… 저주받을 마법사 놈…… 왜 하필 여기
를……."
　"회장하고 친하잖습니까."
　"누가 물어봤나? 꺼져!"
　"죄송합니다!"
　우샹카이는 속으로 비웃으며 뒤로 물러섰다. 사실 조심했
다면 이 상황도 예측이 가능했다. 수현이 회장과 친한 건 유
명한 사실이었으니까.
　하지만 누가 이런 일에 마법사가 직접 참여할 거라고 생각

했겠는가?

리허쥔의 실패 원인은 단 하나. 수현의 꼬인 성격을 예측하지 못한 탓이었다.

내 적이 잘될 거 같은 가능성이 1%라도 보인다면 무조건 가서 훼방을 놓는 적극성!

수현이 에멜늄 광산을 얻어내서 저우량웨를 보내버렸을 때만 해도 좋았는데, 이제 자기 목을 조르니 보통 심란한 게 아니었다.

"잘 들어라. 원래 계획과는 달라지게 됐지만 너희들이 해야할 건 똑같다. 다만 저 마법사 놈을 특별히 주의해야 할 뿐."

원래는 원정 도중 이익이 될 만한 게 있으면 최대한 미국인들의 눈을 속여 독점할 생각이었다. 그러나 김수현이 자리에 있는 이상 그런 짓은 위험했다.

"절대 꼬리 잡힐 일은 하지 마라. 위험한 짓은 그만두고. 내 말 이해했나?"

"예, 알겠습니다!"

"좋아. 너희들을 믿는다. 김수현이 여기에 끼게 된 게 찜찜하기는 하지만…… 너무 겁먹지 마라."

초능력자들은 어이가 없었다. 지금 김수현이 온 것 때문에 난리를 친 건 리허쥔이었는데 이제 와서 겁을 먹지 말라고?

"어차피 이번 일에서 놈이 할 수 있는 건 별로 없으니까 말이다. 놈은 우리를 도울 수밖에 없어. 조심하면 절대로 말리는 일은 없을 거다."

말이야 맞는 말이었다. 초능력자들은 떨떠름한 표정으로 고개를 끄덕였다.

"팀장님, 중국인들 사이에서 되게 인기 좋지 말입니다."

"내가 원래 좀 국제적으로 노는 사람이잖아. 리우 신! 이야! 오랜만이네! 저번에 보고 못 봤었는데. 잘 지냈어?"

"?!"

문서연과 같이 기지를 돌아다니던 수현은 리우 신을 발견하고 갑자기 친한 척을 했다. 리우 신은 기겁해서 펄쩍 뛰었다.

'이놈이 왜 갑자기 이러지?'

"요즘 안 좋은 일이라도 있었나? 좀 마른 거 같은데?"

"뭐, 뭐 하는 짓이냐? 저리 가라."

"이 사람이 리우 신입니까?"

"그래, 꽤 유명한 사람이지?"

"그렇습니까? 팀장님과 비교하면 별것 아닌 것 같습니다!"

"별거 아니긴 하지만 면전에서 그러면 실례잖아."

리우 신은 주먹을 움켜쥐었다.

아주 대놓고 도발!

하지만 지금 그는 화를 낼 처지가 아니었다. 저우량위가 갈려 나가고 나서 그를 받쳐 줄 사람은 사라진 상황. 행동을 조심해야 했다.

'참아야 한다.'

리우 신은 원래 참을성이 많은 사람이었다. 이 정도는 쉽게 참을 수 있었다.

"기지 안내 좀 해주지?"

"제가 왜 기지 안내를……."

"내가 여기서 아는 사람이 얼마나 있겠어? 네가 안내해 줬으면 좋겠는데. 그래도 인연이잖아. 안내 좀 해줘."

"……."

"안내 안 해주면 계속 귀찮게 한다?"

'뭐 이런 새X가……?'

마법사 정도 되면 체면이 있지 않은가. 그런데 그런 체면 따위는 상관없이 저런 노골적이고 원색적인 협박이라니.

"알…… 겠습니다."

"좋아, 일단 초능력자들 소개부터 해달라고. 전력이 뭐가 있는지부터 알아야지."

리우 신은 수현이 그냥 그를 골려주기 위해서 이런다고 생각했다. 그러나 그건 수현을 얕잡아본 것이었다. 수현은 적을 괴롭히는 걸 좋아하지만, 이런 상황에서 아무런 이유 없이 괴롭히지는 않았다.

'역시 눈치가 없군.'

지금 같은 시기에서, 수현과 친하게 다니는 중국인 초능력자가 과연 다른 사람들 눈에 어떻게 보일까? 게다가 리우 신처럼 끈 떨어진 신세일 경우에는?

리우 신은 스스로 무덤을 파고 있었다. 물론 수현이 등을 떠밀기는 했지만……

수현은 웃으면서 리우 신의 어깨에 손을 올렸다. 리우 신은 질색하면서 손을 쳐 냈지만 수현은 아랑곳하지 않고 다시 올렸다. 겉으로 보기에는 매우 친해 보였다.

"아니, 저놈은 여기 왜 온 거야?"

리허쥔만큼은 아니었지만, 진뤄궁도 매우 당황해하고 있었다.

'야, 이게 김수현 하나 오니까 다 해결이 되네.'

리허쥔도 진뤄궁도 김수현이 오니 고양이 앞의 쥐 같은 모습! 마음 같아서는 스카우트를 하고 싶을 정도였다. 우샹카이는 어깨를 으쓱거리며 말했다.

"그걸 내가 어떻게 알겠냐. 넌 네 일만 하면 돼."

"내 일만 하기 힘든 상황이니까 그렇지!"

수현에게 제대로 약점을 잡힌 다음, 진뤄궁은 나름 고분고분해진 편이었다. 우샹카이에게도 말이다. 그러나 그 성격은 어디 가지 않았다.

우샹카이는 수현이 아니었고, 진뤄궁이 꽤나 만만하게 보는 상대였다.

그런데 수현이 직접 찾아왔으니…….

"너 같은 공무원이 할 일이 그거 아니냐? 저런 외국 놈들이 와서 우리를 방해하지 못하도록 하는 거!"

"미안한데 난 아무 힘이 없어서."

"가서 말이라도 해봐! 여기 인원들이 전부 김수현 때문에 일을 못 하겠다고 하면 뭐라도 되지 않겠어?"

"김수현이 애초에 그런 걸로 밀릴 놈도 아닐뿐더러, 그럴 바에는 그냥 인공 아티팩트까지 같이 빼겠지. 뭐가 아쉽다고 양보하겠어. 그리고……."

"저는 불만 없습니다~"

"그렇다네. 포기해라. 가망 없다."

우샹카이는 옆에서 말한 샤오메이를 가리켰다. 진뤄궁이 고개를 홱 돌려 그녀를 노려보았지만 샤오메이는 신경도 쓰지 않았다.

"불만이 없다고?"

"저는 월급 받고 일하는 처지인데 리허쥔 씨가 명령하든, 우샹카이 씨가 명령하든, 김수현 씨가 명령하든 별로 상관이 없거든요. 사실 우샹카이 씨보다 김수현 씨가 더 괜찮은 상관 아닌가 싶은데……."

이번에는 우샹카이가 울컥했다.

원래라면 절대로 맞먹을 수 없는 위치였지만, 셋은 이미 다 김수현의 노예나 다름없는 상황. 거기에다가 샤오메이는 우샹카이나 진뤄궁이 그녀를 조심스러워한다는 걸 깨달았다.

아, 이 인간들은 약점 잡힌 걸 두려워하고 있구나!

그녀도 잘 몰랐지만 저렇게 겁을 먹으면 그녀야 편했다.

같은 노예끼리는 맞먹을 수 있다! 게다가 김수현이 5분 거리 안에 있었다.

"네가 그러고도 중국인이냐?"

"억울하면 당에 고발서 보내시든가요."

"……."

진뤄궁은 꿀 먹은 벙어리가 되어 입을 다물었다. 같이 고발로 들어가면 그가 잃을 게 너무 많았다.

대충 대화가 정리된 것 같자 우샹카이가 다시 입을 열었다.

"어쨌든 불만 적당히 갖고…… 김수현하고 적당히 거리 두라고. 괜히 다른 놈들이 의심하지 않게."

지금 셋은 김수현이 밖에서 리우 신과 친한 척을 하고 있다는 걸 몰랐다. 그들은 고개를 끄덕였다.

"진뤄궁, 너도 행동 조심…… 아니다. 네가 알아서 조심하겠지. 처맞기 싫으면."

"……."

그야말로 대굴욕!

진뤄궁은 이를 박박 갈았다. 마음 같아서는 '김수현이 감히 내 행동에 간섭할 수 있을 것 같냐!'라고 외치고 싶었지만, 그랬다가는 샤오메이가 당장 나가서 그대로 전할 것 같았다.

"들키지 않게 행동 조심하고. 원정을 성공적으로 끝내라. 김수현이 끼기는 했지만 이건 어디까지나 국가를 위한 일이니까."

그 말을 들은 둘은 어이가 없다는 표정을 지었다.

리허쥔이 아부하려고 진행한 일인 거 아는 사람들은 다 아는데 무슨…….

그걸 눈치챈 우샹카이는 헛기침을 했다.

"말이 그렇다는 거야, 말이."

69장
불로장생의 비밀(2)

참가한 사람들의 속마음이 어떻든 간에 원정은 진행되어야 했다.

리허쥔은 불안한 표정으로 원정을 시작했다.

"산악 지대 몬스터에, 드워프 정도. 우리가 받았던 정보와는 크게 차이가 없군. 정말 이게 다야?"

"다라니까. 그보다 친한 척 좀 하지 마! 의심받잖아!"

"네가 여기서 난리를 치면 의심을 받겠지. 걱정 마. 의심받을 놈은 따로 있으니까."

"......?"

우샹카이는 수현의 말을 이해하지 못했다.

수현은 정보를 다시 확인했다.

원정대라고 하지만 중국 측과 미국 측이 같이 친하게 어깨 동무하며 움직이는 건 아니었다. 어디까지나 각자 인원대로 영역을 나눠서 움직이고, 무슨 일이 생길 경우 중국 측의 요청에 따라 미국 측의 인공 아티팩트를 사용한다. 이런 식의 계약이었다.

당연히 위험한 일이 생길 경우 중국 측이 앞장서야 했다. 그들이 계획한 것이었기에 당연한 일이었다.

그러나 지금 수현은 중국 쪽으로 넘어와서 우샹카이에게 말을 걸고 있었다. 원래 이러면 안 되지만 그 누구도 수현에게 뭐라고 하지 않았다.

'괜히 말 걸었다가 피 볼라.'

중국 쪽에 공통적으로 퍼진 인식.

―김수현이랑 엮여서 좋을 게 없다!

"아무리 그래도 정보가 너무 빈약하지 않냐? 인공 아티팩트까지 대여하면서 원정 준비했는데 탐사를 이 정도만 했다고? 솔직하게 말해봐. 너희 꿍꿍이 있지?"

"꿍꿍이는 무슨! 나도 다 결정 나기 전까지는 듣지도 못한 계획이었다."

"그러면 더 위험한 거 아니냐?"

"어?"

생각해 보니 그의 상관, 리허쥔은 그 정도는 얼마든지 희생양으로 쓸 수 있는 인간이었다. 우샹카이는 갑자기 긴장이 되는 걸 느꼈다.

"농담이야. 이 인원을 데리고 수작을 부렸다가는 그냥 끝나지 않겠지."

"그, 그렇지? 그렇겠지?"

"정보가 적다는 건 탐사를 별로 못 했다는 건데. 그럴 만한 사정이라도 있었나?"

"거기 쓰여 있잖나. 이종족들의 저항이 강해서 돌아왔다고."

"너희들이 이종족들 저항 심하게 한다고 물러날 놈들이냐?"

중국 쪽은 이종족들이 공격하면 그걸 핑계로 움직이는 경우가 많았다. 오히려 선공을 유도해서 피해자처럼 움직일 때도 있었다.

이건 중국만 쓰는 방식이 아니었고, 수현도 잘 알고 있었다.

수현이 계속 말을 걸어오자 우샹카이는 점점 신경이 쓰였다. 나중에 돌아갔을 때 말이 나오면 어떡하지?

─우샹카이란 놈이 꽤 많이 수상하던데요.

안 그래도 수현과 비밀리에 연락을 했던 그였기에 찔릴 수밖에 없었다.

"우리도 어쩔 수 없었다고."

"그래, 뭘 숨기고 있는데?"

"숨기고 있는 게 아니라…… 진짜 그냥 돌아온 거야. 이종족들 저항이 심해서."

"……?"

"이종족들이 생각보다 강했다니까. 탐사 목적으로 간 초능력자들이 자칫하면 위험하겠다 싶어서 돌아온 거고."

보고서의 문구가 정말 그대로였다니. 이건 오히려 놀라웠다.

'이종족의 저항이 심해서 더 이상 알아낼 수 없었다'가 정말 말 그대로였단 말인가?

"얼마나 강했는데?"

현대전에서 이종족들은 언제나 불리한 입장이었다. 인류의 무기가 많이 풀려서 총기로 무장한 이종족들은 찾아보기 쉬웠지만, 군대는 언제나 최첨단의 무기로 무장했다.

그들의 강점은 초능력과 지형밖에 없었다.

"교전이 일어나지는 않았으니까 모르지만 초능력자가 꽤 많았다고 하더군. 그러니까 돌아왔겠지."

"초능력자가 많았다라……."

초능력자들은 이종족 중에서도 희귀한 존재였다.

다크 엘프들이 개척 초기에 그렇게 위협적이었던 이유는 초능력자 숫자가 많았기 때문이었다. 지형지물을 이용해 초능력으로 덤벼오는 다크 엘프들은 많은 피해를 입혔다.

'산악 지대 드워프들은 좀 악명이 높긴 한데…….'

루이릴이나 샤이나도 꺼릴 정도로 폐쇄적이고, 게다가 실제로 강했다. 갖고 있는 아티팩트도 그렇고, 지금 들어보니 초능력자 숫자도 꽤 있는 것 같았다.

잘 협상이 되면 모를까, 협상이 안 풀리면 골치가 아파질 게 분명했다.

"우리는 전면전으로 갈 경우 참여 안 하는 거 알지?"

"물, 물론이지."

중국인들이 드워프들과 치고받는 데 낄 생각은 전혀 없었다. 애초에 그건 계약한 범위 밖에 있는 일이었다.

"전방 계곡에 암석 거인이 나타났습니다."

"거리는 꽤 되는데…….'"

에우터프 지역에서 수많은 사람을 괴롭혔던 몬스터, 암석 거인이 하임켄 북동쪽에도 있었다.

같은 암석 거인이라도 덩치는 더 작고 약해 보였지만, 거인 계열 몬스터는 만만하게 봐서는 안 됐다. 잠깐이라도 방심하면 큰 피해를 불러오는 것이다.

"미국 쪽에 아티팩트 준비 요청을 해라."

"예."

거인 계열 몬스터를 상대하기 가장 쉬운 방법은 역시 강력한 화력.

재빠른 동작도, 독특한 특수 능력도 없었으니 화력만 있다면 상대하기 쉬운 게 거인 계열 몬스터였다.

물론 물리 화력이 아닌 초능력 화력이라는 게 문제였지만.

일반 화력으로 상대할 수 있었다면 암석 거인이 그렇게 속을 썩이지는 않았을 것이다.

-거절한다.

"?!"

생각지도 못한 거절.

"아니, 왜?"

-인공 아티팩트 연료는 무한하지 않다. 게다가 지금 암석 거인은 꼭 싸워야 하는 게 아닌 상황이잖나?

"뭐 이런……."

말이야 맞는 말.

그러나 리허쥔에게는 답답할 수밖에 없었다. 정말 필요한 게 아니라면 인공 아티팩트를 쓰지 않겠다는 것 아닌가.

이번 원정의 최종 목적은 산악 드워프들을 협박하든 회유하든 어떻게든 굴복시켜서 그들이 알고 있는 것들을 가져가는 것이다.

물론 거기에 추가적으로 발견되는 광산이나 몬스터가 있다면 금상첨화.

인공 아티팩트는 드워프들을 협박하는 것도 협박하는 것이지만 몬스터를 처리할 때 요긴하게 쓰일 거라 생각했었다. 그런데 벌써부터 저렇게 나오다니.

"빌어먹을 놈. 알겠다. 암석 거인은 두고 우회해서 전진한다!"

우샹카이는 속으로 안도의 한숨을 내쉬었다. 다행히 불똥이 그에게까지 튀지 않았던 것이다.

'이 양반은 원래 이렇게 현장에 나서는 양반이 아닌데……'

우샹카이도 그랬지만, 리허쥔은 결코 현장에서 일하는 사람이 아니었다. 언제나 가장 뒤에서 지시를 내리는 사람이었다.

그러나 이번에는 직접 참여했다. 몇 가지 이유가 있었지만, 결국 다 수현 때문이었다.

이번 원정은 권력 레이스를 위해 리허쥔이 야심 차게 계획한 원정이었다. 성공할 경우 정말 단단하게 입지를 굳힐 수 있겠지만, 실패할 경우 그도 좀 위험했다.

그런 상황에서 김수현이라는 변수가 끼어든 것이다. 리허쥔 입장에서는 불안할 수밖에 없었다.

그래서 그도 직접 참여하게 됐다. 카메론의 원정이 위험하다지만 인공 아티팩트부터 시작해서 김수현이라는 마법사까지 있는데 몬스터나 이종족으로 인해 위험하지는 않을 거라는 게 그의 계산이었다.

하지만 리허쥔은 한 가지를 더 생각했어야 했다.

지금 그에게 가장 위험한 건 이종족도, 몬스터도 아니었다. 그에가 가장 위험한 건 예상 밖의 기회가 생겨서 빠르게 머리를 굴리고 있는 수현이었다.

'이야…… 어떻게 약점을 잡을까 고민하고 있었는데 이렇게 제 발로 나와주네.'

이번 원정을 좀 의도적으로 실패시켜서 흔들어 볼까 고민했었다. 우샹카이도 같이 휩쓸릴 수 있어서 조심스러웠지만 리허쥔이 워낙 약점이 없었던 것이다. 그런데 이렇게 현장으로 나와주다니…….

'아주 좋아.'

리허쥔은 갑자기 등골이 오싹해지는 걸 느꼈다.

"밖이라 좀 추운 건가?"

나무에는 검은색 천이 독특한 매듭 모양으로 묶여 있었다. 드워프들의 신호였다. 더 이상 들어오지 말라는 뜻.

중국의 탐사대들은 이 경고를 무시하고 들어갔다가 공격을 받고 급히 후퇴한 적이 있었다.

"어떻게 하려나?"

"뭘 말입니까?"

"드워프들 말이야. 이미 한 번 오지 말라고 난리를 쳤으니 이번에 들어가면 정말 제대로 공격을 해올 거거든."

"전력이 늘어났잖습니까?"

"원래 완고한 이종족들은 전력이 늘어나든 줄어들든 별로 신경을 안 써. 어쨌든 우리는 좀 거리를 벌리자. 뒤로 후퇴한다."

"예? 말도 안 하고 단독으로요?"

"그래 봤자 1㎞도 안 되는 거리인데 뭘. 저놈들은 무슨 미친 짓을 할지 모르니까 미리 거리를 벌려놔야 해. 안 그러면 괜히 같이 피해본다고."

설마 이렇게 눈이 많은데 전면전을 벌이지는 않겠지만, 욕심이 많은 사람은 무서운 법이었다. 어떤 핑계를 댈지 몰랐다.

"사절을 보내는군."

중국 쪽에서 드워프 몇 명이 나섰다. 미리 준비한 것이다. 산악 드워프들과 협상하기 위해서. 괜찮은 생각이었다.

인간보다야 낫겠지.

'물론……'

루이릴과 샤이나가 비웃음을 흘렸다.

"왜 그러십니까?"

"저게 아마…… 안 통할걸?"

"산악 지대에 사는 드워프들은 같은 종족이라고 봐주는 거 없거든."

얼마 지나지 않아 위로 올라간 드워프들이 허겁지겁 달려 나왔다. 그들의 옷은 찢어져 있었고 얼굴은 멍이 들어 있었다. 몇 대 맞은 모양이었다.

"열 좀 받았겠군."

아니나 다를까, 리허쥔은 열이 받은 모양이었다. 보통 이렇게 군대를 거느리고 다닐 수 있는 사람은 인내심이 별로 없었다.

한 줌도 안 되는 이종족들이 무시하는 경험은 견디기 힘들었다.

─들어라, 드워프들아! 너희는 지금 우리가 보낸 사절을 모욕하고 쫓아냈다! 당장 나오지 않는다면 바로 공격에 들어

가겠다!

"뭐야, 진짜 공격해?"

"생각보다 미친놈인 것 같습니다."

"아니, 중국 정도면 공격할 수도 있기는 한데…… 엮이기 싫군. 더 거리 벌릴까?"

"인공 아티팩트 사용 요청이 들어왔습니다."

"뭐? 드워프들한테 써달라고?"

"아닙니다. 그냥 허공에 위협사격만 해도 된다는데요."

"연료 아까운 짓 하고 있군."

말은 그렇게 했지만 수현은 허락했다. 인공 아티팩트를 써 주기는 해야 했다. 그래야 일이 끝나고 다른 말이 나오지 않았다.

몬스터 사냥이야 중국 쪽에 이익이 되는 일이니 일부러 거절했지만, 이런 건 거절할 이유가 없었다.

연료 낭비라지만 어차피 수현에게는 계속 연료가 쏟아져 나오는 광산이 있었으니까.

콰콰콰콰쾅!

굉음과 함께 허공을 찢으며 불의 기둥이 솟구쳐 올라갔다. 장관이었다. 산 위에 있는 드워프들도 분명히 봤을 것이다.

"어떻게 반응할 것 같아?"

"글쎄. 드워프들이 완고하기는 하지만, 인공 아티팩트는 정말 대단하거든. 저렇게 고립되어서 지내는 이종족들에게는 현대 화기보다는 인공 아티팩트가 더 충격적일 거야."

드워프들 중에 초능력자가 있다면 방금 일어난 현상이 초능력이라는 걸 이해했을 것이다.

그들 입장에서는 저 밑에 정말 강력한 초능력자가 있다고 생각해도 놀랍지 않은 상황. 그렇다면 저 완고한 태도도 흔들릴 가능성이 있었다.

실제로 리허쥔이 노리는 게 바로 그거였다. 인공 아티팩트는 저런 이종족들에게 정신적으로 큰 충격을 줄 수 있었다.

그러나 산 위에 있는 드워프들은 반응하지 않았다.

리허쥔은 울컥해서 외쳤다.

"당장 올라가서 저놈들을 끌어내라!"

"진정하십시오!"

"지금 진정하게 됐나?"

"저희만 있는 게 아니잖습니까. 뒤에 미국인들하고 이야기를 끝낸 다음 움직여야 합니다."

"……."

"아니, 여기까지 왔으면서 드워프들을 설득할 방법도 생각을 안 했습니까?"

수현의 말도 비웃음으로 들렸다. 리허쥔은 인내심을 다지며 말했다.

"몇 가지 계획이 있었고 잠시 막힌 상태일 뿐입니다."

"계획이 뭐였습니까?"

"드워프들을 협상 테이블로 끌어내서 여러 가지 조건을 제시하는 거였습니다."

"그 여러 가지 조건은?"

"이 주변 개척이나 편의부터 시작해서 가능한 범위 내에서라면 최대한 유연하게 협상할 생각이었습니다. 그렇지만 지금 저놈들을 보시면 아시겠지만, 아예 협상 테이블에 나올 생각을 하지 않고 있습니다!"

리허쥔의 계획은 사실 틀린 곳은 없었다. 모범적인 방식이었다. 이종족들에게 접근해 일단 협상 테이블로 끌어낸 다음, 그들이 원하는 걸 주고 이쪽이 원하는 걸 얻어낸다.

이 주변은 거인 몬스터들을 시작해서 자연환경이 매우 험난했으니 몬스터들을 토벌하고 개척하는 것도 꽤 매력적인 조건이리라.

인공 아티팩트를 빌린 것도 그것 때문이겠지.

그러나 문제는…… 드워프들이 나올 생각을 하지 않는다는 것이었다.

"오늘까지 나오지 않는다면 조금 거친 방법을 쓸 생각입니다. 어떻게 생각하십니까?"

"물론 반대죠. 어떻게 그렇게 끔찍하고 야만적인 짓을 하실 수가 있습니까?"

'이런 개XX가 진짜……'

"아니, 그러면 어떻게 해야……."

"어떻게 하냐니. 범죄를 저지를 바에는 돌아가는 게 낫지 않겠습니까? 지금 꼭 저 가엾은 드워프들을 붙잡고 괴롭혀야 합니까?"

"가엾긴 누가 가엾나!"

점점 어이가 없어지는 대답들. 슬슬 의심이 갔다.

이 자식, 우리 원정을 방해하러 온 거 아니야?

"말은 똑바로 합시다! 지금 그쪽은 인공 아티팩트를 대여해 주는 대신 이번 원정의 결과물에 대한 권리를 보장받는 거 아닙니까? 아무것도 안 하고 받아 갈 수 있다고는 생각하지 마십시오. 인공 아티팩트를 대여해 주겠다고 했으면 필요한 곳에 써달란 말입니다!"

"그쪽이야 말이 참 이상합니다? 우리가 인공 아티팩트를 언제 안 쓴다고 했습니까? 연료가 한정되어 있으니 꼭 필요한 상황에서만 쓰자고 한 겁니다. 거인한테 안 쓴 건 그래서였습니다. 가까이 오지도 않은 거인 몬스터한테 연료를 낭비했다가는 나중에 귀찮아질 수 있으니 말입니다. 그래도 저희는 인공 아티팩트를 위협사격으로 쓰자는 요청을 받아들였습니다. 왜냐? 같이하자고 약속을 했으니까요."

욕을 하지 않아도 사람을 열 받게 하는 데에는 달인급의 경지!

"그런데 그 비싼 연료를 쓰고 위협사격을 했는데도 성과를 못 얻었잖습니까. 이러면 그쪽 문제죠. 왜 그쪽이 안일하게 생각을 하고 계획을 세워서 생긴 문제를 해결하기 위해 우리가 나서야 합니까? 위협사격이야 그렇다 쳐도 여기서 더 나아가면 우리도 같이 책임이 생기지 않습니까?"

"책임을 물을 일은 결코……."

"……없다고 보장할 수는 없죠. 그게 중요합니다. 게다가 우리의 양심은 어떻습니까? 저도 선량한 사람이지만, 여기 있는 미국인들은 더 선량하고, 심지어 이 사람들……."

순간 수현은 아티팩트 담당 직원의 이름이 기억나지 않았다.

'뭐, 상관없나.'

"……은 독실한 기독교도란 말입니다. 그런 사람 앞에서 전쟁 범죄라니. 지금 제정신이십니까?"

"전쟁 범죄를 저지르자고 한 적 없습니다! 그냥 조금 거친 방법을 쓰자고 한 겁니다!"

"그래서 그게 뭔데요? 인공 아티팩트를 각도 낮춰서 산으로 쏘기라도 할 겁니까?"

속마음을 들킨 리허쥔이 얼굴을 붉혔다. 눈 가리고 아웅이었다. 말이 조금 거친 방법이었지, 실제로 쓰면 '조금 거친'으로 끝나지 않을 게 분명했다.

"어쨌든 그런 방법은 절대 동의할 수 없습니다."

"크으윽······!"

"리허쥔 씨, 중국 측 단독으로 하는 원정이라면 상관이 없었겠지만, 지금 원정은 저희 쪽도 있습니다. 그걸 생각하고 계획을 세우셨으면 좋겠군요. 그런 식의 거친 방법은 미국, 한국 측에서는 쓰지 않습니다."

물론 썼다. 카메론에서 티끌 한 점 없이 떳떳한 국가는 존재하지 않았다. 그러나 수현은 표정 하나 흔들리지 않고 계속 말했다.

"지금 데리고 온 초능력자가 거의 부대 몇 개는 되고, 그외 인원만 해도 어지간한 곳은 다 해결할 수준인데, 그 사람들을 활용해 보시죠. 인공 아티팩트로 산 자체를 갈아엎을 생각을 하지 마시고. 구시대적인 방법으로 언제까지 하실 겁니까?"

말을 끝내고 수현은 자리에서 일어섰다. 같이 온 담당자들은 당황한 표정으로 수현을 쳐다봤지만 수현은 아랑곳하지 않고 밖으로 나가 버렸다. 그들도 허둥지둥 수현을 따랐다.

"이렇게 나가도 됩니까?"

"뭐, 지들이 어쩌겠어? 공격이라도 할까? 아니면 계약 파기라도 할까?"

회의장 안에서, 수현의 말을 다 들은 우샹카이는 속이 시원했다. 리허쥔이 저렇게 까이는 걸 들은 게 얼마 만인가.

'그래, 이 양반아! 힘으로 다 때려 부수고 윽박지르지 좀 말라고!'

저런 방식은 분명히 효과가 있었지만, 역효과도 분명했다. 그리고 가장 큰 문제는 역효과가 발생했을 때 리허쥔은 부하한테 책임을 떠넘긴다는 점이었다.

우샹카이는 벌써 몇 번 독박을 쓴 적이 있었다. 그렇게 큰 실책이 아니라 아직까지 자리를 보전할 수 있었지만…….

리허쥔이 주먹을 움켜쥐고 부들부들 떨었다. 그걸 본 우샹카이는 혀를 차며 뒤로 물러섰다.

'이크, 곧 터지겠군.'

"당장 방법을 생각해 내라!"

"예'?"

"저 엉덩이 무거운 드워프 놈들을 끌어낼 방법 말이다! 어떤 방법이든 좋아! 저 같잖은 미국 놈들과 김수현의 낯짝을 구겨 버릴 수 있는 방법을 생각해 내란 말이다!"

'아니, 그게 그런다고 나오냐?'

물론 입 밖으로 내지는 않았다. 그랬다가는 진짜 한 대 얻어맞을 테니까. 우샹카이는 고개를 숙이고 물러섰다.

리허쥔이 난리를 쳐도 방법은 나오지 않았다. 애초에 모든 접촉을 고집스럽게 거부하는 이종족들을 상대로 회유할 수 있는 방법은 거의 없다고 봐야 했다.

인공 아티팩트로 산을 날려 버리거나 하는 방법이 금지된 이상 가능한 건 직접 안으로 들어가는 것뿐.

'너무 안일했다.'

미국 쪽에서 올, 인공 아티팩트 관리 인원을 너무 무시한 게 실수였다. 알 거 다 아는 사람들이고 중국 쪽 영역이니 적당히 말하면 적당히 못 본 척하고 넘어갈 거라고 예상한 것이다.

그러나 김수현이 와서 모든 게 달라졌다.

'진짜 죽이고 싶다!'

보는 사람만 없고 마법사만 아니었다면 바로 권총을 뽑아서 머리를 쐈을 수준.

"들어가도 되겠습니까?"

"들어와라."

"예."

안으로 들어온 건 리우 신이었다. 그는 굳은 얼굴로 안에 들어와서 고개를 숙여 인사했다.

"드워프들을 설득하는 임무, 제가 맡고 싶습니다."

"그래?"

리허쥔은 별로 놀랍지 않은 표정이었다. 원래 이렇게 될 수밖에 없었던 것이다.

인공 아티팩트로 편하게 갈 수 있는 방법이 사라진 이상, 이제 드워프들을 설득하기 위해서는 직접 올라가서 그들과 맞부딪쳐야 했다.

원정 포기는 절대 있을 수 없었다. 그랬다가는 리허쥔은 역풍을 맞게 될 테니까.

그렇다면 이제 현장의 제일 앞에서 싸워야 할 초능력자들이 필요했다.

강력한 산악 드워프 부족들에게 공격받을 가능성이 가장 높은 위치.

당연히 리허쥔은 그의 파벌에 있던 조능력자들을 쓰고 싶지 않았다. 이럴 때는 언제나 외부에서 굴러들어 온 돌을 써야 했다.

리우 신도 그걸 알고 있었다.

묘하게 흘러가는 분위기.

어차피 그가 나서지 않으면 떠밀리게 되어 있었다. 이럴 바에는 차라리 자원해서 나서야 했다. 성공할 경우 이 결과가 그와 그의 동료들 위치를 보전해 줄 테니까.

"위험한 임무라는 건 알고 있겠지?"

"물론입니다."

"추가로 지원해 줄 게 있나? 물론 인공 아티팩트는 불가능하네."

"없습니다. 기존 지원만으로 충분합니다."

물론 리허쥔도 리우 신을 죽으라고 보내는 건 아니었다. 파워 아머부터 시작해서 가능한 지원은 해줄 생각이었다.

리우 신을 좋아하지 않는 건 감정적인 이유였다. 그런 걸로 이번 원정의 성공을 막지는 않았다. 리우 신이 성공하면 리허쥔도 좋았다.

"좋아, 그러면 준비하도록."

"리우 신이 나간다고?"

"어, 그놈이랑 그놈하고 친한 초능력자들이랑."

"너희들은 안 나가고?"

"······."

진뤄궁은 시선을 피했다. 수현은 진뤄궁의 머리를 툭툭 치며 말했다.

"이거 완전 겁쟁이잖아? 동료가 나가는데 넌 안 나가냐? 응?"

"······."

수현 앞에서는 확실하게 분노 조절이 되는 모습. 우샹카이는 어이가 없다는 듯이 진뤄궁을 쳐다보았다.

'이 새끼는 진짜······ 평소에 이렇게 분노 조절이 되는 놈이 그렇게 지X을 해?'

철저하게 강자에게 약하고 약자에게 강한 모습.

어쨌든 우샹카이는 헛기침을 하며 수현에게 말했다. 지금 자리에 리허쥔은 없었지만 수현이 오래 있어서 좋을 게 없었으니까.

"알았으면 가라. 너는 그리고 왜 자꾸 우리 쪽으로 오는 거야? 눈치 보이게?"

"아, 걱정하지 말라니까. 나중에 오해는 다른 놈이 받는다고. 그나저나 너희 꽤 맛있는 거 먹는다? 나름 간부라 이건가? 저 밑의 말단 애들은 레토르트 팩 돌려서 먹던데."

"······."

"그러고 보니 샤오메이가 안 보이네."

"샤오메이는 여기 낄 위치가 아니야."

진뤄궁은 수현한테나 푸대접을 받지 A급 초능력자였고, 우샹카이는 리허쥔하고 수현한테 구박을 받지 나름 고위 공무원이었다.

그에 비해 샤오메이는 그냥 현장에서 뛰는 부대장. 좋게 말해서 부대장이었고 나쁘게 말하면 소모품이었다.

"얼씨구, 같은 노예들이 참…….."

"누가 노예야?"

"너하고 이놈하고 샤오메이 다 내 밑 아닌가? 왜, 불만이라도 있어?"

둘 다 꿀 먹은 벙어리가 됐다.

"부하들한테 잘해줘라. 특히 먹는 거같이 사소한 거로 차별하지 말고."

"이건 우리 위치에 맞는 합당한…….."

퍽!

수현은 항변하는 진뤄궁을 후려쳤다. 단순한 동작이었지만 염동력과 결합된 공격이었다. 강력한 육체를 가진 진뤄궁이 일격에 옆으로 데굴데굴 굴렀다.

"그러면 난 이만 가 볼게. 리우 신 도와주러 가야지."

"그래, 가 봐라…… 뭐?"

수현이 나간다는 사실에 안도한 우샹카이는 마지막 말을

바로 이해하지 못했다.

"누구를 도와준다고?!"

그러나 수현은 이미 사라진 뒤였다.

"어…… 리우 신을 도와준다는…… 겁니까?"

리허췬은 그가 잘못 들은 줄 알았다.

"정확히 말하자면 이번 원정을 돕는 거죠. 같이 일하는 사이 아닙니까. 서로 힘들면 도와주는 게 동맹이죠."

"???"

리허췬은 정말로 혼란스러워졌다.

'이 자식 대체 무슨 꿍꿍이야?'

수현은 리허췬에게 와서 말했다. '리우 신이 초능력자들과 함께 위로 올라간다는 말을 들었는데, 돕고 싶습니다'라고.

물론 수현이 직접 나서준다면 더할 나위 없었다. 아무리 산악 부족의 드워프들이 강력한 초능력자라고 해도 마법사를 이길 수 있을 것 같지는 않았다.

게다가 혼자 가는 게 아닌 든든한 지원이 있었다.

그런데 왜 갑자기 수현이 나선단 말인가? 얼마 전만 해도 그들을 아주 노골적으로 훼방을 놓은 게 수현이었다.

"그러면 이해하신 걸로 알겠습니다."

"아, 예."

수현이 나간 걸 보고 리허쥔은 수상하다는 표정을 지었다.

'리우 신 이놈…… 설마……?'

원래라면 리우 신이 의심받는 일은 없었을 것이다. 그러나 리우 신은 지금 그를 받쳐 주던 사람들은 다 사라지고, 그를 별로 좋아하지 않는 리허쥔 밑으로 온 상황. 사소한 의심도 커질 수밖에 없었다.

'그러고 보니 예전에 김수현한테 가장 처음으로 데인 놈도 저놈이었지. 다른 놈들이 다 잡혀가는데 아무런 짓도 안 하고 있었고.'

러시아의 드미트리를 납치해 오려던 작전.

리우 신은 그 상황에서 대항해 봤자 꼬이기만 할 테니 분노를 참고 가만히 있었던 것이었지만, 지금 와서는 무의미한 변명으로밖에 들리지 않았다.

'그 이후에도 김수현과 싸우게 해달라고 요청을 했었고…… 저놈 봐라?'

방해하던 김수현이 갑자기 끼어든 것도 리우 신 때문인가? 리우 신이 다치거나 죽으면 그에게 타격이 오니까?

리허쥔도 떨떠름했지만 리우 신만큼은 아니었다. 리우 신과 그의 동료 초능력자들은 갑자기 온 수현을 보고 당황을 금치 못했다.

"당신이 왜……?"

"왜냐니. 동료가 어려운 일을 하면 도와야지. 사해가 동포라는 말도 있지 않나?"

"?????"

리우 신과 초능력자들은 서로 얼굴만 쳐다보았다. 그러나 그들은 리허쥔이 아니었다. 수현이 무슨 의도로 이런 짓을 하는지 추측해 낼 수 없었다.

"그러면…… 방해는 하지 마십시오."

리우 신은 수현이 도와줄 거라는 생각은 하지 않았다. 전력이 되면 좋겠지만 아무리 봐도 수현의 성격상 그럴 것 같지는 않았던 것이다.

게다가 수현은 그와 좋은 인연이 아니었다. 악연이면 악연이었지…….

"말이 심하네. 도와주려고 온 사람한테."

"죄, 죄송합니다."

"자, 어떤 식으로 할 생각이지?"

"위로 올라가서 드워프들을 찾아볼 생각입니다. 만약 선공을 해올 경우 놈들을 생포할 계획인데……."

"거참 야만적이군."

초능력자들의 이마에 불끈 혈관이 돋았다.

"……다른 좋은 방법이라도 있으십니까?"

"없어, 없어. 따라갈 테니까 알아서들 하라고."

리우 신은 벌써 수현을 넣은 게 후회되기 시작했다.

강하게 나서기 싫어서 참은 게 실수였나?

그렇게 서로 다른 의도를 가진 초능력자들이 위로 올라가기 시작했다.

물론 도와주려고 왔다고 해서 수현이 정말로 도와주는 건 아니었다.

수현은 도와주는 대신 불평을 했다. 리우 신의 정찰에 참가한 건 정말로 리우 신을 걱정해서가 아니었으니까.

중국 측이 무언가를 발견하면 먼저 선점해서 수작을 부리거나, 정 안 되면 방해를 할 생각이었다. 돕겠다는 순수한 마음은 조금도 없었다.

"아니, 중국 쪽에는 그렇게 인재가 없나? 응?"

'참자, 참아…….'

"이 인원들을 데리고 왔는데, 거기다가 인공 아티팩트까지 갖고 왔는데! 이 정도면 드래곤이라도 잡을 수 있지 않나?"

물론 무리라는 건 수현도 알고 있었다. 그러나 상대를 괴롭히는 데 진실은 중요하지 않았다.

중국 쪽 초능력자들은 이를 바득바득 갈았다. 그들도 리우 신과 처지가 비슷했다. 그들을 받쳐 주던 저우량위가 실각하고 나서 파벌의 리더 자체가 사라진 상황. 조심스러울 수밖에 없었다. 괜히 실수라도 했다가는 끝장날 수 있었다.

그리고 그 모든 일의 원인을 따져 보면…….

'저 새끼 때문이잖아!'

'죽이고 싶다!'

뒤에서 따라오는 수현 때문이었다.

리우 신은 부하들에게 눈짓했다. 참으라는 뜻이었다. 이 인원으로 수현에게 덤벼봤자 뒷감당도 되지 않을뿐더러 제압할 자신도 없었다.

그만큼 수현의 힘은 압도적이었다.

리우 신은 수현을 보지 않으려 애쓰며 부하들에게 명령했다.

"……일단 네가 먼저 가서 상황을 확인해라. 직접적으로 나설 일이 있으면 드론을 쓰고, 무슨 일이 있으면 바로 후퇴해서 합류해라. 네 초능력이라면 충분히 할 수 있을 거다."

리우 신의 말을 들은 초능력자는 고개를 끄덕이더니 쏜살

같이 뛰어나갔다. 빠른 움직임을 보니 속도 관련 초능력을 가진 것 같았다.

"인원을 나누다니, 지금 몬스터를 상대하는 게 아닌데 그래도 되나?"

"다른 방법이라도 생각나는 게 있습니까?"

"적어도 저 방법은 아니지. 많이들 실수하는 건데, 몬스터하고 이종족은 접근 방법이 달라. 특히 전투적인 이종족 같은 경우는 기술이 없다고 만만하게 보면 안 된다고."

"타우 천은 제가 신뢰하는 부하입니다. 그라면 잘할 겁니다."

"글쎄……."

수현의 말에 리우 신도 발끈했다. 참을성이 비교적 높은 그여도 계속 싸잡아서 무시하는 수현의 태도는 참기 힘들었다.

"그렇다면 타우 천이 실패하지 않을 경우 어떻게 하시겠습니까?"

"뭘? 내기라도 하자고?"

"그것도 나쁘지 않을 것 같습니다만? 혹시 겁이라도 나시는지?"

"도발 솜씨가 별로군. 하지만 받아주지. 좋아, 네 부하가 멀쩡하게 성공해서 돌아오면 나도 좀 더 적극적으로 협조를 해주겠어."

"그렇다는 건⋯⋯."

"드워프들이 덤비면 막아주고 제압해 주겠다는 거지. 이 정도면 되지 않나? 대신 네 부하가 실패하면 이번 정찰은 내가 지휘한다."

"알겠습니다."

리우 신은 단호하게 말했다. 타우 천에게 맡긴 임무는 별로 어려운 임무도 아니었다. 조용히, 은밀하게 접근해서 시각을 확보할 수 있도록 장비를 설치하는 임무였다.

드론이나 로봇을 통한 정찰은 이제 정석적인 방법이 되었지만, 그만큼 이종족들도 익숙해진 방법이었다. 어지간한 이종족들도 날아다니는 로봇 같은 걸 보면 '아, 저건 인간 놈들이 보낸 거군' 하고 생각하게 마련이었다.

몬스터를 상대할 때에는 이런 것에 신경을 쓰지 않아도 됐지만, 이종족들은 경우가 달랐다. 조금 더 방법을 바꾸고 고민을 해야 했다.

수현은 이들이 하는 걸 보고 추억이 새록새록 떠올랐다.

'참 못한다, 진짜.'

물론 추억과 별개로 못하는 건 못하는 것이었다.

언제나 느끼는 거지만, 처음부터 힘을 가진 초능력자들은 방법에 대한 고민을 별로 하지 않았다.

그러니까 그 초능력을 갖고서도 언제나 사고가 터져서 몬스터한테 죽고 이종족한테 죽지.

─여, 여기 매복이……!

"?!"

갑자기 울리는 통신을 들은 리우 신이 기겁했다.

"빠져나와라!"

─빠져나올 수가 없습니다! 이, 이 자식들이!

둔탁한 소리와 함께 통신이 끊겼다. 리우 신은 바로 일어서려고 했지만 수현이 그를 염동력으로 잡아 세웠다.

"뭐, 이렇게 되겠지."

"지금 도우러 가야 합니다!"

"생각보다 동료애가 있잖아? 놀랍군."

수현의 말에 리우 신이 눈썹을 찌푸렸다.

확실히 지금 그들끼리는 다른 사람들보다 더 강한 동료애가 있었다. 서로 끈 떨어진 신세라는 걸 알기에 뭉칠 수밖에 없었던 것이다.

그렇지만 그걸 저렇게 면전에서 지적당하는 건 별개였다. 비꼬는 것처럼 들렸다.

"지금 가 봤자 이종족 놈들이 양팔 벌려서 환영할 거다. 괜히 무식한 짓 하지 말자고. 놈들이 함정 파고 있었던 거야."

"……!"

"인공 아티팩트로 위협했는데 아무 반응도 안 보였다는 것에서 이미 답은 나온 거지. 왜 이렇게 다들 순진한지 모르겠어."

적대적인 이종족들이 인공 아티팩트의 위협사격을 보고서 아무런 반응을 보이지 않을 리 없었다.

그들도 생각이 있었다.

협상 테이블로 나오지 않는다는 건 함정을 준비한다는 뜻.

그래서 저렇게 따로 몰래 가 봤자 의미가 없다는 것이었다. 속도 계열 초능력이 있어 봤자, 상대방에게도 초능력자가 있다면 빠져나올 수 있다는 보장이 없었다. 초능력의 세계는 넓고 넓었으니까.

"그렇다고 구하지 말자는 겁니까?"

"어차피 안 죽었을 텐데 뭘. 죽었다 쳐도 저놈 하나 구하자고 내 목숨 걸 생각은 없으니까. 어쨌든 지휘권은 내 거 맞지? 자, 그러면 움직여 볼까. 모두 앞장서라. 어떻게 하는 건지 보여줄 테니까."

통신에서 들린 소리만으로도 수현은 어떤 일이 일어난 건지 짐작할 수 있었다. 드워프들이 다른 인간들을 끌어내기 위해 인간을 생포한 것이다.

애초에 함정을 팠으니 즉사시키려면 얼마든지 즉사시킬 수 있는 상황. 저렇게 말할 수 있다는 거 자체가 일부러 들려주기 위해서였다.

'내 부하도 아니니 급할 거 뭐 있나.'

드워프들의 오산은 수현이 전혀 그런 걸 신경 쓰지 않는 사람이라는 것이었다.

"너희가 참 실력이 없는 게…… 여기가 우리 쪽 영역에 있었고 내가 저 정도 지원받았으면 3일 안에 해결을 본다. 3일이 뭐야. 이런 지형이면 하루 안에 끝낼 수 있어."

"……."

세상에서 가장 듣기 싫은 게 싫은 놈의 잔소리였다. 그다음으로 듣기 싫은 건 상관의 잔소리.

그리고 지금 수현은 싫은 상관이었다. 듣는 초능력자들은 죽을 맛!

게다가 지금 잡혀간 동료의 생사도 확인할 수 없는 상황인데 수현이 느긋하게 뒷짐 지고 걸어가니 어이가 없었다.

그러나 수현은 느긋하게 놀고 있는 게 아니었다. 다 주변을 확인하고 있었다.

'함정을 팠다가…… 뒤로 빠졌군. 바로 안 오니까 계획을 바꾼 건가? 꽤 똑똑한데? 인내심도 있고.'

동료를 생포했는데도 바로 달려들지 않자 준비한 함정을 포기하고 다음 함정으로 이동한 것이다.

수현은 바닥에 남겨진 발자국을 보고 피식 웃었다. 노골적인 수작이었다.

그는 바로 방향을 돌렸다. 이미 원견으로 어디서 노는지 확인하고 있었다. 괜한 교란에 속아 넘어갈 필요가 없었다.

'그나저나 이 드워프들은 어떻게 우리 위치를 확인하고 있는 건지 모르겠네.'

답은 '새'였다.

허공에서 날아다니는 새를 조종하며, 그 시야로 밑을 내려다보던 드워프 중 하나가 외쳤다.

"인간 놈들이 안 속는데? 바로 이쪽으로 오고 있어!"

"뭐? 안 속았다고? 그럴 리가 없는데?"

"이봐, 인간 놈. 아는 대로 말해봐."

타우 천은 퉁퉁 부은 얼굴로 입을 다물었다. 두들겨 맞아서 단단히 멍이 든 상태였다. 드워프들이 먹인 약이 무엇이었는지 초능력도 발동되지 않았다.

타우 천은 두들겨 맞고 포로로 잡힌 상태라 지금 그가 당한 게 얼마나 놀라운 일인지 모르고 있었다. 초능력을 묶는 비약은 지금 여러 곳에서 연구를 하고 있었지만 실용화될 정도의 결과물은 없었다.

그런데 이 드워프들은 그들만의 약을 가지고 있는 것이다.

"저 밑에서 올라오는 놈들에 대해서 아는 걸 말해보라니까? 입 다물지 말고! 너희 우리 말 다 알아듣는 거 안다!"

"고문 좀 당해봐야 말하려나? 응?"

타우 천은 옆으로 침을 뱉었다. 그는 드워프들을 비웃으며 말했다.

"너희들이 아무리 강해 봤자 저 밑에서 올라올 놈에게는 안 될 거다."

적이었을 때에는 정말 악마 같았지만, 밑에서 수현이 올라오고 있다고 생각하니 이렇게 든든할 수가 없었다.

너희도 꼭 당해봐라!

드워프들은 서로 얼굴을 쳐다보더니 피식 웃었다.

"허풍도 잘 떠네, 인간."

"우리가 겁이라도 먹을 줄 알았나?"

"저 밑에서 쏘아 올린 건 뭐지? 어떤 방법으로 쏜 거야?"

"우리 쪽 초능력자다."

"웃기지 마. 인간이 쏠 수 있는 초능력이 아니야. 그리고 확인도 했고. 그 거대한 장비는 뭐지?"

'이 자식들……!'

어떤 방식을 썼는지 드워프들은 원정대의 상황을 파악하

고 있었다. 새를 부리는 초능력자가 있다는 걸 타우 천은 상상치도 못했다.

"대답을 안 하는데? 그냥 죽일까?"

"아니야, 끌고 가자. 나중에 필요할지도 모르니까. 인간 놈들하고 교환할 일이 생길지도 모르잖나."

"저 밑에서 올라오는 인간 놈들은 어쩔까? 이놈 말은 허풍 같기는 한데."

"아니…… 허풍 같지는 않아. 저놈, 뭔가 심상치 않지?"

"그렇긴 하네. 그러면 어쩔까? 더 불러?"

"더 부르고…… 어르신들도 부르자."

"어르신들을 부르자고? 너무 호들갑 떠는 거 아니야?"

"인간 놈들이 쏘는 거 봤잖아. 이번에 온 놈은 만만치가 않다니까. 쓸 수 있는 건 다 써야 해."

"좋아, 그렇게 하지. 나중에 욕먹으면 네가 다 책임져라."

"이런 엘프 같은 놈을 봤나……. 알겠어. 책임질 테니까 부르기나 하라고. 이놈도 데리고 가서 동굴 속에 처박고."

"좋아."

수현은 살짝 놀랐다.

'왜 함정을 더 파지 않지?'

드워프들이 위로 올라가서 함정을 파며 괴롭힐 줄 알았는데, 깔끔하게 포기하고 사라진 것이다.

사실 그건, 지금 젊은 드워프들을 데리고서 움직이는 드워프가 똑똑해서였다. 그는 수현이 교란작전에도 속지 않고 바로 일직선으로 위치를 잡고 올라오는 걸 보고서 깨달았다. 드워프들이 정찰을 하듯이 수현도 그들을 정찰할 수 있는 방법이 있다고.

드론이나 별다른 건 보이지 않았지만, 그렇지 않다면 저런 움직임은 불가능했다. 괜히 함정을 파면서 시간과 자원을 낭비할 필요가 없었다.

'차라리 한 번에 덮치는 게…….'

동굴로 끌려간 타우 천은 기겁했다. 그는 카메론에서 꽤 오랫동안 지냈고, 이제 더 이상 놀랄 거는 없다고 생각했다.

그러나 동굴의 안에서 푸른색 형체를 가진 드워프 유령들이 하품을 하며 걸어 나오자, 자신의 생각이 틀렸다는 걸 깨달았다.

카메론에는 아직도 놀라움이 남아 있었다.

"어르신들, 부탁드립니다."

"우리를 깨울 정도의 일이었나? 응? 우리 살날도 얼마 안 남았는데 말이야."

"내가 말했잖아. 구그곤 말고 다른 놈을 시키자고. 그놈은 너무 겁이 많아."

"겁이 많은 게 아니라 신중한 거지. 그리고 구그곤 말고 다른 놈 중에 괜찮은 놈이 있었나? 그렇다고 케른 같은 놈한 테 줄 수는 없지 않나."

"그것도 그렇지. 구그곤이 뛰어난 놈이기는 해. 내가 구그 곤을 싫어하는 게 아니라…… 자네들도 알잖나. 내가 이런 일 싫어하는 거."

"조용히 해. 호우얀 님 나오신다."

"모두 일어났나? 그래, 이번에는 무슨 일이지?"

"밑에 불청객들이 와 있다고……."

"사람인가, 몬스터인가?"

구그곤은 한쪽 무릎을 꿇고 고개를 숙였다. 그에게 호우얀 은 전설이나 마찬가지였다. 옛 시대부터 살아 있던 드워프. 이 부족의 드워프들에게는 신이나 마찬가지였다.

"사람입니다. 인간들이요."

"아, 인간들. 그…… 얼마 전에 온 사람들이었지?"

"아마 80년 정도 됐을 겁니다."

"잠을 오래 자서 그런지 어제 일 같군. 어제 왔던 사람들 이 다시 왔던 것처럼 느껴져. 우리를 부를 정도로 위험한 사 람들인가?"

"예, 규모도 그렇고 심상치가 않습니다. 괜히 늦게 나섰다가 피해가 커지는 것보다는 어르신들의 도움을 받는 게 낫다고 생각했습니다."

"그래, 옳은 판단을 내렸구나."

호우얀은 고개를 끄덕이며 긴 수염을 쓰다듬었다.

"그러면 한번 내려가 보세나. 그때 봤던 인간들을 봤을 때 그렇게 강할 것 같지는 않지만……."

70장
불로장생의 비밀(3)

드워프 유령들에게 이 세계는 더 이상 흘러가는 것처럼 느껴지지 않았다. 사람들로서는 상상할 수 없을 만큼 오랜 시간을 보낸 이상 당연한 결과였다.

80년도 넘게 전에 이 주변을 왔던 인간 탐험대도 그들에게는 어제 일과 다르게 구분이 되지 않았다.

그러나 그들의 강함은 확실했다. 이들은 모두 초능력자였던 것이다. 그것도 전원이 인간 사회에 가면 A급 이상으로 취급받을 수준의 초능력자.

산악 드워프의 가장 큰 전력은 바로 이들이었다. 이들이 있었기에 그런 태도를 취할 수 있었다.

'아무리 강한 놈들이 왔다고 해도 어르신들을 이길 수는

없을 거다!'

구그곤은 그렇게 생각했다.

"이거 슬슬 불안해지는데……."

"……?"

수현이 저런 약한 소리를 하는 건 처음 봤다. 리우 신은 수상쩍다는 듯이 물었다. 수현이 괜한 소리를 해서 그들을 이용하려는 게 아닌가 싶었던 것이다.

"불안하다니, 지금 딱히 적도 안 나타나고 있습니다만?"

"적이 안 나타나고 있으니까 불안한 거지, 이 멍청한 놈아. 머리는 폼이냐? 응? 장식이냐? 모자걸이냐?"

"……."

한마디 했다가 쏟아지는 모욕!

옆에서 부하들이 이를 가는 소리가 들렸다.

"뭘 믿고 이러는 건지 모르겠는데. 함정도 하나도 안 파고. 자신 있다 이건가?"

"정면으로 가면…… 우리가 유리하지 않겠습니까?"

"자랑이다. 그러니까 맨날 지지. 그리고 보니 너 그 러시아인 납치할 때도 정면으로 하려다가 나한테 맞지 않았나?"

"무, 무슨…… 그건 저와 상관이 없는…….'"

"상관이 없기는 퍽이나 없겠다."

그렇게 대화하는 사이 드워프 하나가 모습을 드러냈다. 거리를 두고서 바위 위에 올라선 드워프는 찾아온 인간들을 내려다보았다.

수현은 이미 그가 다가오고 있다는 걸 알고 있었기에 별로 놀라지 않았지만 중국인들은 움찔했다.

"공격할까요?"

"내버려 둬. 뭘 할지 궁금하네."

드워프는 짤막한 칼로 수현을 겨누며 말했다.

"인간, 무슨 이유로 여기를 침범했나?"

"침범까지는 아니고…… 그냥 대화를 좀 해보고 싶어서 온 거지."

드워프는 피식 웃었다.

"뒤에 군대를 거느리고서 하는 대화도 있나?"

"겁이 많아서 말이야. 이 주변에 워낙 험한 몬스터가 많아서 혼자 다니기는 겁이 나더군. 그쪽은 안 그런가 보지?"

"그건 그렇다 치더라도 일어난 충돌은 뭐라고 할 생각인가?"

"무슨 충돌을 말하는 거지? 우리가 뭐라도 했었나?"

수현은 뻔뻔하게 시치미를 뗐다. 이제까지 일어난 일은 있지도 않은 것 같은 태도였다. 그 태도에 드워프도 어이없어 했다.

"인간, 지금 우리 손에 너희들의 동료가 잡혀 있다는 건 알고 있겠지? 말을 할 때 조금 더 생각하고 말하는 게 좋겠군."

"싫은데?"

"……?"

뒤에서 리우 신과 중국인들이 당황해서 수현을 말리려고 했지만 수현은 아랑곳하지 않았다. 드워프도 당황해서 수현을 보며 물었다.

"그놈이 어떻게 되든 상관없나?"

"상관없는데. 마음대로 해. 내 부하도 아니야."

"……허세를 부리는군."

"거참, 사람 말을 너무 못 믿는군. 지금 데리고 와서 무슨 짓을 해도 난 참견 안 할 테니 해보라고."

수현의 태도에서 진심이 느껴지자 드워프는 정말로 당황했다.

'이 인간은 뭐지? 동료가 중요하지 않은 건가?'

뒤에서 다른 인간들이 당황해서 말리려는 걸 보니 정말 그런 것 같았다. 드워프는 속으로 수현의 평가를 했다.

'피도 눈물도 없는 냉혈한 놈이로군.'

오해에서 비롯된 평가였지만 크게 틀린 평가는 아니었다.

"여기까지는 어떻게 찾아왔지?"

"너희들이 우리를 관찰한 것처럼, 나도 너희를 관찰할 방법은 있지. 너희들은 어떤 방법을 썼지?"

"말해줄 것 같나?"

"말 안 해줘도 뻔하지…… 먼 거리를 보는 초능력자가 있거나……."

드워프는 대답 대신 비웃음을 흘렸다.

"우리가 엘프인 줄 아나? 엘프들이나 그런 방식을 쓰……."

"그러면 사역마 비슷한 거라도 부렸나 보군."

"?!"

"정답을 맞혔나? 설마 저 위의 새인가? 아까부터 계속 보인다 싶었는데……."

"……."

"할 말 다 했으면 이제 본론으로 들어가 볼까? 이리 좀 와주겠나?"

"대화를 하자고 한 거 아니었나?"

"아, 물론 대화지. 그런데 이런 곳에서 대화를 할 수는 없잖아? 너희가 우리 쪽 사람을 데리고 안으로 들어가서 대화한 것처럼 나도 그렇게 해보려고."

"진작 그렇게 나왔어야지."

드워프는 기다렸다는 듯이 손짓했다. 뒤에서 무장한 드워프들이 걸어 나왔다. 그러나 수현은 조금도 놀라지 않고 심드렁한 표정이었다.

"이게 끝인가?"

"물론 아니지, 인간."

"……!"

뒤에서 중국인 초능력자 몇 명이 휘청거리는 게 느껴졌다. 딱히 공격받은 건 아니었다. 위에서 나타난 것에 충격을 받은 것이었다.

드워프 유령들이 나타난 것이다.

"저게 뭐야……?"

"유령인가? 정말로?"

수현도 생각지도 못한 등장에 놀랐지만, 태도는 달라지지 않았다. 어차피 유령이라고 해도 실체가 있고 의사가 있다면 공격할 수 있다. 이미 그건 학습한 지 오래였다.

중국인들의 반응을 보고 드워프는 기가 산 것 같았다. 입꼬리를 올리며 물었다.

"지금도 아까처럼 말할 수 있나?"

"물론 말할 수 있지. 여기로 내려와 주겠어? 대화만 할 테니 좀 믿어달라고."

"오만이 하늘을 찌르는군. 다른 건 몰라도 넌 내가 본 사람 중 가장 오만하다는 건 인정해 주지."

"내가 오만한 건 맞는데, 네 인정 따위는 필요 없다. 드워프."

수현은 빈정거리는 말과 함께 양팔을 옆으로 뻗었다. 순간 땅이 그대로 솟구치기 시작했다. 가파른 비탈길을 형성하고 있던 암석들이 움직이며 위협적인 형상으로 변했다.

'가공할 염동력……!'

"!!"

"자, 패 다 꺼냈지? 어디 한번 해보자고."

말과 동시에 수현은 드워프들의 변화를 유심히 관찰했다. 느려진 시간 속에서 드워프들이 초능력을 써봤자 수현은 한 박자 빠르게 잡을 수 있었다.

'바로 카운터를…….'

땅속에서 검은색 그림자로 된 촉수 비슷한 것이 튀어나왔다. 그러나 수현은 얼굴색 하나 변하지 않고 막아냈다. 이미 드워프 유령 중 하나의 몸 주변에서 기운이 변하는 걸 보고 눈치를 챈 것이다.

"……!"

"어떻게 막아냈지?"

드워프 유령 중 하나는 상황도 잊고 감탄했다. 분명 허를 제대로 찔렀다고 생각했는데 상대는 미래라도 본 것처럼 막

아낸 것이다.

"미래 예지 능력이라도 있는 거 아냐?"

"멍청이들아! 떠들 시간에 놈을 막아! 놈이 오고 있잖아!"

"주른, 오벨릭! 염동력은 너희 전문이잖아! 뭐 하는 거야!"

"이, 이 인간 놈 힘이 보통이……."

드워프 유령들은 초능력 완력 승부에서 그들을 이길 사람이 나올 거라고는 생각지도 못했다.

육체가 없어진 그들은 생전의 한계를 뛰어넘은 상태. 그런데 둘이 염동력으로 묶는데도 수현은 눈 하나 깜박이지 않고 풀어내는 것이다.

"일단 하나."

수현은 유령은 무시하고 살아 있는 드워프부터 제압하기 시작했다.

가장 먼저 노리는 건 가장 많이 입을 놀린 드워프!

"커헉!"

"구그곤!"

구그곤은 초능력과 아티팩트로 수현을 공격하려다가 손 하나 까딱하지 못하고 그대로 제압당했다. 어른과 아이의 싸움처럼 보일 정도로 심한 격차였다.

'뭐 이런……?!'

"아이고, 저놈이 구그곤을 데려가잖아!"

"호우얀 님! 호우얀 님! 빨리 와주십시오!"

단체 싸움에서 가장 먼저 노려야 할 건 적의 우두머리였다.

수현은 구그곤을 한쪽 팔에 끼고, 다른 한쪽 팔을 앞으로 뻗었다.

드워프 유령들이 구그곤을 데려오기 위해 초능력 포화를 퍼부었지만 수현의 방어를 뚫지는 못했다.

"야, 이놈들아! 너희들은 뭐 하고 있어! 공격하지 않고!"

"어, 어르신들이 못 뚫는데 저희가…… 게다가 구그곤을 데리고 있는데 그렇게 공격해도 됩니까?"

"……!"

수현은 그 말을 듣고 그가 멍청한 짓을 하고 있다는 걸 깨달았다.

굳이 염동력으로 방어를 할 필요가 없었잖아?

"저, 저놈이!"

기절한 구그곤을 앞에 방패처럼 띄운 것이다.

"저, 저, 저거……!"

"호우얀 님! 빨리 오세요, 좀!"

"이 사람들 참…….."

느릿한 소리와 함께 다른 드워프 유령들이 나타났다. 그들은 일어난 소란에도 산책이라도 하는 것처럼 한가하게 움직였다.

"왜 이렇게 늦게 오시는 겁니까?!"

"오랜만에 하늘을 보니 좋아서 말이야. 이해 좀 해주게나."

어르신이라 욕도 못 하고. 젊은 드워프들은 애가 타서 가슴을 쳤다. 저 인간 놈이 그들의 리더인 구그곤을 데리고 가려 하고 있었다.

"저놈! 저놈이 구그곤을 데려가려고 하고 있습니다! 막아주셔야 합니다!"

"어디 보자…… 저 인간이라고?"

호우얀은 투명한 육체를 허공으로 띄워서 수현을 내려다보았다. 유령이 된 그들에게 인간들의 외형은 보이지 않았다.

수현이 사람 겉의 기운을 보는 것처럼, 그들은 사람이 아닌 사람 안의 기운 덩어리만을 볼 수 있었다.

"별거 아니고…… 저것도 별거 아니고……."

"호우얀 님! 그쪽이 아닙니다! 저쪽이라고요!"

호우얀이 별로 강해 보이지도 않는 중국인들을 쳐다보며 수염을 쓰다듬자 드워프들은 애가 타서 발을 굴렀다.

"아, 그런가? 미안하네."

중국인들은 미약한 기운 덩어리로밖에 보이지 않았다. 리우 신은 괜찮은 편이었지만 그래도 호우얀의 기준에 한참 멀었다.

"저건가 보군. 그래, 한쪽 팔에 들고 있는 게 구그곤인가? 음? 저건……?"

"……?"

순간 호우얀의 모습이 사라졌다.

'텔레포트?!'

수현은 구그곤을 뺏기지 않기 위해 힘을 집중했다. 그러나 눈앞에 나타난 호우얀은 구그곤에게는 손도 뻗지 않았다. 그는 수현의 뺨에 손을 뻗더니 말했다.

"전하 아니십니까?!"

"……네?"

"이 보는 것만으로도 사람을 죽일 것 같은 흉흉한 기운…… 전하가 맞으시군요. 저를 기억하십니까?"

"……유령도 노망이 나나?"

"놈! 입을 조심해라!"

"감히 호우얀 님한테 무슨 소리를!"

"지금 그 호우얀 님이라는 사람이 나한테 '전하, 전하' 하는 건 보이는 거 맞지?"

수현은 이 드워프를 한 대 쳐야 하나 고민하기 시작했다.

이 드워프가 수현을 혼란스럽게 만들려고 한 거였다면 그는 정말 제대로 성공한 셈이었다. 수현을 망설이게 만들었으니까.

그사이 구그곤이 정신을 차린 것 같았다. 그는 호우얀이 자신은 신경도 쓰지 않고 수현에게 공손하게 말하는 걸 보고 어이가 없어서 외쳤다.

"호우얀 님! 정신 차리십시오! 이 인간은 그냥 침입자입니다!"

호우얀은 대답도 하지 않고 손을 흔들었다. 그러자 바로 구그곤의 입이 다물어졌다.

대꾸도 하지 않는, 그냥 무시!

"마법사인가?"

"그야 당연히 마법사입니다. 전하, 전하께서 저를 가장 총애해 주셨잖습니까."

"어…… 그랬나? 그런데 그 전하가 누구지?"

"농담도 잘하십니다!"

호우얀이 껄껄대며 웃어대자 수현은 한 걸음 뒤로 물러섰다. 드워프들과 충돌을 각오하기는 했지만 웬 알지도 못하는 유령 늙은이가 전하라고 말하며 붙어올 거라고는 상상도 못했었다.

"이봐, 드워프들. 이 유령…… 제정신은 맞나?"

"어디서 호우얀 님에게 감히……!"

"제정신은 맞는 것 같군. 그래, 그…… 호우얀이라고 했나? 왜 나한테 전하라고 하는 거지? 뭘 보고?"

"흉흉한 기운에, 시간을 다룰 수 있는 사람은 전하밖에 없잖습니까."

"?!"

수현은 정말로 놀랐다.

지금 이 드워프가 그의 비밀을 알아차린 것인가? 시간을 다룰 수 있다는?

다행히 다른 사람들은 이 드워프의 말을 듣지 못한 것 같았다.

"조용히 해, 이 드워프 늙은이!"

"알겠습니다, 전하. 그러시길 바라신다면 당연히 그래야죠."

당황스러움이 가시자 수현의 머릿속에서는 빠르게 계산이 서기 시작했다. 이 드워프 늙은이가 왜 이러는지는 알 수 없어도 한 가지는 확실했다.

그는 드워프 부족들 사이에서 매우 높은 지위라는 것. 그리고 어떤 이유에서든 간에 자신에게 복종하고 있다는 것.

그렇다면…….

"이봐, 호우얀. 저 드워프들과 대화를 하고 싶은데 안으로 안내 좀 해주겠나?"

"물론입니다, 전하. 그런데 키가 좀 크셨군요?"

"호우얀 님! 드워프가 아니라 인간이니 그런 겁니다!"

"뭐, 키가 좀 커지실 수도 있죠. 오랜 시간이었으니까요. 저도 그동안 수염이 좀 자랐습니다."

드워프들의 말은 귓등으로도 안 듣는 철저함! 드워프들은 가슴을 치며 뒷목을 잡으려 들었다.

"안으로 안내해 드려라!"

드워프들은 당황해서 말리려 했지만, 다른 어르신들도 호우얀이 말하자 망설이지도 않고 그 말을 따랐다. 수현은 드워프 유령들의 호위를 받으며 안으로 들어갔다.

중국인들은 귀신에 홀린 것 같은 표정을 짓고 있다가 수현이 안으로 들어가려고 하자 급히 따라가려고 했다.

"아, 쟤네들은 굳이 같이 올 필요 없어. 모르는 놈들이니까 밖에 세워둬."

"……?!"

"전하께서 그러시다면야 당연히 그렇게 해야죠. 저놈들을 내보내라!"

"네? 아니, 저희는 저 김수현의 일행인……."

"모르는 사람이야. 내쫓아, 내쫓아."

안에서 무슨 이야기를 나눌지 모르는데 중국인들과 함께 들어갈 생각은 없었다.

"아니, 김수현 씨! 이러시면⋯⋯."

수현은 안 들린다는 듯이 손을 흔들었다. 그제야 중국인들은 상황을 파악했다. 수현은 처음부터 그들과 같이할 생각이라고는 없었던 것이다.

"야, 김수현 이 XXX아!"

"네가 이러고도 무사할 것 같아?!"

수현은 휘파람을 불며 무시했다. 중국인들은 이를 갈며 사라지는 수현의 뒷모습을 노려볼 수밖에 없었다.

"전하, 음료는 괜찮으십니까?"

"좀 짜군."

"이놈들! 당장 제대로 된 걸 가져오지 못하겠느냐!"

평소에 인자한 모습만 보여주던 호우얀이 불꽃처럼 화를 내자 젊은 드워프들은 당황해서 허둥거렸다.

"대, 대체 무슨 일이야?"

"호우얀 님이 왜 저 인간을 저렇게 섬기는 거지?"

"구그곤은 어디 있어?"

"저기. 저, 인간 밑에⋯⋯."

수현은 뭔가 떠들려는 구그곤을 기절시켜서 옆에 던져 놓

앉다. 보아하니 이들의 리더 같았는데 괜히 깨워봤자 좋은 꼴은 못 볼 것 같았다.

"오벨릭 님! 이게 대체 무슨 일입니까! 호우얀 님에게 말씀 좀 해주십시오! 정신 차리시라고!"

다른 어르신 중 하나인 오벨릭이 드워프들의 성화에 난처하다는 표정을 지었다. 그는 비교적 젊은 어르신이었다. 그래서 살아 있는 다른 드워프들과 많이 소통하는 편이었다.

그래도 호우얀의 명령을 어길 수는 없었다.

젊은 드워프들에게 호우얀은 옛 시대부터 살아온 부족의 정신적 우상이었다.

그를 존경하고 따랐지만, 만약 호우얀이 '전부 다 죽어라!'라고 명령한다면 그들은 듣지 않을 것이다. 당연히 말도 안 되는 명령이었으니까. 차라리 거부하면 거부했지 그런 명령까지 따르지는 않았다.

그러나 유령이 된 어르신들에게 호우얀은 그들의 생살여탈권을 쥔 사람이었다. 문자 그대로의 의미로 말이다.

호우얀이 그들에게 '전부 다 죽어라'라고 명령한다면 그들은 죽을 수밖에 없었다.

"우리는 어쩔 수가 없다. 호우얀 님에게 직접 말해봐라."

"듣지도 않으시잖습니까!"

"저놈이 무슨 수작을 부린 게 분명합니다!"

"글쎄……."

오벨릭은 다른 드워프들의 말에 회의적이었다. 왜냐하면 호우얀 정도 되는 사람이 아무런 저항도 하지 못하고 인간의 수작에 당할 리 없었기 때문이었다.

게다가 만약 당했다고 한다면…… 저 인간은 여기 있는 드워프가 전부 덤벼도 상대할 수 없을 정도로 대단하다는 증거였다. 지금은 섣불리 행동해서는 안 됐다.

"그런데 전하라니. 설마 내가 생각하는 그게 맞나?"

"맞는 것 같습니다. 호우얀 님이 생전에 섬긴 왕 있잖습니까."

"아니, 그게 대체 언제 때 일인데 지금…… 게다가 그분은 드워프였잖나!"

"그러니까요!"

드워프들이 수군거리는 걸 수현은 흥미롭게 들었다.

'괜찮은 곳이군.'

산의 암석 안쪽에 드워프들의 근거지가 있었다. 수현은 암석을 두드려 보았다. 처음 보는 독특한 재질이었다. 카메론에서만 볼 수 있는 물건이 분명했다.

'강도가 만만치 않은데…… 아마 이것도 믿는 구석 중 하나였겠지?'

산의 바깥에서 지내는 게 아닌, 암석으로 된 산 안쪽에서

굴을 파서 지내는 형식이었다. 상당히 단단한 암반을 뚫고 이 정도 규모의 마을을 만든 걸 보니 무언가 독특한 방법이 있는 모양이었다.

암석을 뚫고 만들었음에도 이들의 마을은 결코 삭막하거나 초라하지 않았다. 오랜 시간을 여기서 지내왔다는 걸 증명이라도 하듯이 품위가 넘쳤다.

'그 무르노의 지하 왕국보다 더 세련된 것 같군.'

지하의 다크 엘프들과 드워프들이 들었으면 발끈했을 소리였다.

"그래서…… 호우얀이라고 했나?"

"예, 전하."

"그 전하가 누구지? 아, 나 말하는 건 알겠는데 내가 어떤 사람이냐고."

"제 왕이자 우리들의 왕이셨고 앞으로도 왕이실 분이십니다."

"별로 설명이 안 되는데. 내가 시간을 다룰 수 있다는 건 어떻게 알았지?"

"전하께서 시간을 다루지 못하신다면 그 누가 다루겠습니까."

수현은 천장을 올려다보았다. 몇 가지 알아낸 건 있었지만 대화가 쳇바퀴를 돌고 있었다.

첫 번째로, 이 드워프 부족에게는 왕이 있었다. 아주 예전 일이었던 것 같았지만 어쨌든 있었던 것 같았다.

두 번째로, 그 왕은 수현처럼 시간을 다룰 줄 알았던 것 같았다.

"이봐, 구그곤. 일어난 거 아니까 기절한 척하지 말고 말 좀 해봐."

쓰러져 있던 드워프는 움찔했다. 아까부터 일어나서 수현의 빈틈을 노릴 궁리만 하고 있었는데 바로 들킨 것이다.

"어떻게······."

"오히려 그게 안 들켰으면 신기할 일이지. 이 호우얀이라는 유령은 뭐 하는 유령이지?"

"내가 왜 대답해야 하나?"

"대답하기 싫으면 관둬라. 호우얀, 이 구그곤을 저 절벽 밑으로 집어 던지고 남은 드워프들에게 내 신발을 핥으라고 명령할 수 있나?"

"물론입니다, 전하."

"어쩔래?"

구그곤의 얼굴이 새파래졌다.

"······호우얀 님은 옛 시대부터 지내오신 어르신이다."

"그 어르신이라는 건 유령을 말하는 거겠지? 어떻게 되는 건가?"

"저주 때문입니다, 전하."

"저주 때문이라고?"

"예, 저희 부족이 받은 저주 때문이지요. 아주 예전에 드래곤이 내린 저주입니다. 그때 레드 드래곤은 드래곤 중에서도 드물게 사악하고 포악했습니다. 그래서 그에게 저항하는 부족들에게 저주를 내렸고요. 저희 부족의 핏줄에 저주가 새겨진 건 그때부터입니다."

"그러니까…… 죽으면 유령이 되는?"

수현은 이게 저주라는 게 잘 이해되지 않았다. 그다지 저주처럼 느껴지지 않았던 것이다.

"저런, 기억이 잘 안 나시나 보군요."

"나이가 많다 보니 기억이 좀 가물거리는군. 미안해, 설명 좀 해주겠나?"

얼굴색 하나 변하지 않고 뻔뻔하게 말하는 수현을 보고 구그곤은 뒷목을 잡았다. 저놈은 얼굴에 무슨 드래곤 비늘을 깐 것도 아니고…….

"드래곤이 내린 저주는 정확하게 말하자면 죽으면 망령이 되는 저주입니다. 저희처럼 이성을 갖고 있는 유령이 아닌, 자아를 잃고 배회하는 망령이요."

"그런데 너희들은 멀쩡하고."

"그렇습니다. 전하 덕분이죠. 저희가 카크리타 계곡의 망령들처럼 되지 않았던 건 말입니다."

"……?"

수현은 의외의 이름이 나온 것에 놀랐다.

카크리타 계곡. 유령 계열의 몬스터가 나타나는 곳이었다.

"카크리타 계곡에 대해서 뭔가 알고 있나?"

"레드 드래곤을 복종하고 숭배하던 종족들이 살던 곳이잖습니까. 전하, 드래곤은 그들에게도 저주를 내렸습니다."

"자기를 복종하고 숭배하는데도 저주를 내렸다고?"

"저희야 드래곤의 생각을 알 수 없지요. 아마 죽어서도 자신을 섬기라고 드래곤이 포악을 부린 게 아닐까 싶습니다만……."

카크리타 계곡의 유령 몬스터들은 드래곤 때문이었나?

수현은 등에 소름이 돋았다.

이런 식으로 연결될 줄이야.

"아는 대로 더 말해봐. 뭘 더 알고 있지? 내가 뭘 했지?"

"전하…… 전하께서 저보다 더 기억이 나빠지실 줄이야…… 전하께서는 사악한 레드 드래곤이 날뛸 때 부족을 이끌고 이종족을 모아 그들과 맞섰습니다. 카크리타 계곡의 비겁자들이 전하를 방해해도, 드라고니아 분지의 배신자들이 전하를 떠나도 흔들리지 않으셨죠."

수현은 아예 메모장을 켰다. 이 호우얀은 살아 있는 카메론의 역사서였다.

"드라고니아 분지의 배신자들은 누구지?"

"마지막 순간에 드래곤과 싸우는 걸 포기하고 숨어버린 놈들입니다. 전하께서 만들어주신 무기를 받았는데도 도망쳐버렸죠. 그놈들은 오만하고 멍청해서 그걸 다룰 수 없다는 걸 몰랐을 겁니다. 아마 거기서 틀어박혀 드래곤을 두려워하며 숨어 지내다가 죽어갔겠죠."

"……!"

그렇다면 수현이 허투루 써버린 그 아티팩트가 설마……?

"잠깐, 근데 맞섰다는 건…… 드래곤과 싸워서 이겼나?"

"예, 전하. 레드 드래곤을 시간의 끝으로 보내버리셨습니다. 전하도 드래곤에게 입은 상처 때문에 돌아가셨지만…… 그전에 저희에게 드래곤의 저주를 견딜 힘을 남겨주셨죠. 덕분에 저희는 카크리타의 비겁자들처럼 되지 않을 수 있었습니다."

호우얀은 손가락에 낀 투박한 구리 반지를 들어 보였다. 강력한 힘이 느껴졌다. 수현은 본능적으로 느낄 수 있었다.

"시간을…… 고정하는 건가?"

"예, 전하. 살아 있는 사람에게는 무리겠지만 저희는 이미 육신을 잃어버려서 가능한 일입니다. 이성을 잃지 않고 버틸 수 있죠."

"영원히?"

호우얀은 빙그레 웃었다.

"전하, 영원한 건 세상에 없는 법입니다. 심지어 그 드래곤마저도 영원하지는 않습니다. 전하께서 자주 하시던 말씀이잖습니까. 드래곤은 위대하고 불로불사에 가깝지만 불멸의 존재는 아니라고."

"불로불사에 가까운데 어떻게 불멸이 아니지? 늙지도 않는 거 아닌가?"

"그건 저도 잘…… 그건 전하께서 알아서 하셨잖습니까."

잘 오다가 여기서 삐끗하냐.

수현은 이마를 매만졌다. 호우얀의 왕은 아마 시간을 다뤄 드래곤을 끝장낸 것 같았다.

'시간을 강제로 앞으로 당겨서 보내버린 건가?'

시간을 당긴다고 해서 드래곤이 늙지도 않을 텐데, 어떤 원리인지 알 수 없었다.

"하지만 전하, 드래곤이 저희와 똑같지는 않겠지만…… 저희가 불로불사지만 한계가 있는 것처럼 드래곤도 마찬가지 아니겠습니까."

"네 한계라는 게 무슨 소리지?"

"전하께서 저주를 막아주셨지만 오래 지내다 보면 점점 의식이 닳게 마련입니다. 그래서 저희는 필요한 순간에만 깨어

납니다. 그 외에는 의식을 잃고 있죠. 전하, 오래 산다는 건 그만큼의 시간을 등에 업어야 한다는 겁니다. 사람마다 차이가 있을 뿐, 영원한 시간을 등에 업을 수 있는 사람은 없는 법이죠."

"그럴듯한 말이군."

"전하께서 하신 말입니다만?"

"호우얀, 들을 거 다 들은 다음에 하는 말치고는 미안한데…… 난 네 전하가 아니야. 일단 난 드워프가 아니라 인간이라고. 눈이 안 보이나?"

"일반적인 시야로 보이지는 않습니다. 전하께서는 키가 좀 커지셨군요."

"그래, 그게 인간이라서 그런 거라고. 키 큰 드워프가 아니라."

"인간이면 뭐 어떻습니까. 전하께서 취향이 독특하셨으니 이해합니다. 엘프나 다크 엘프로 환생 안 하신 게 어딥니까."

"아, 그런 식으로 생각하는 거냐."

환생했다고 믿는 건가.

수현은 고개를 저었다.

"미안한데 난 환생을 믿지도 않고 환생한 적도 없어."

"전하께서 아직 깨닫지 못하셨을 뿐, 전하는 전하가 맞습니다. 전하께서 말씀하신 그대로군요."

"뭐라고 말했는데?"

"언젠간 돌아오겠다고."

"그거 그냥 유언 아닌가?"

호우얀은 못 들은 척 고개를 돌렸다. 수현은 어이없다는 듯이 쳐다보다가 문득 생각이 났다.

'그런데 뭐…… 굳이 아니라고 할 필요는 없나?'

이대로 가면 알아서 복종해 주는 이들이 생기는 셈이었는데, 굳이 말릴 필요는 없었다.

"그래, 뭐 마음대로 생각해. 호우얀, 날 전하라고 생각하든 말든…… 뭐든 좋겠지. 그런데 레드 드래곤이 죽었다고 하지 않았나?"

"예, 정확히 말하자면 사라진 것이지만. 죽었다고 봐도 좋겠지요."

"그런데 이 시대에는 분명 레드 드래곤이 있거든? 놈의 후손인가?"

"아마도 후손 아니겠습니까."

"카메론에 드래곤이 많나? 나는 카메론에서 드래곤은 그 레드 드래곤 말고 본 적이 없는데."

"아니요. 전하, 드래곤은 숫자가 많지 않습니다. 그리고 같은 놈은 존재하지 않지요. 제가 살아 있었을 때에도 블루 드래곤과 그린 드래곤이 있었습니다만, 둘 다 하나만 존재했습니다."

"두 놈이 더 있었다고?"

"그렇지만 그 둘은 별로 위협적이지 않았습니다. 자기의 굴에서 늙은 짐승처럼 잠만 자던 드래곤들이었으니까요. 레드 드래곤만 유독 포악하게 날뛰었습니다. 아마 젊어서 그런 게 아닐까 싶은데…… 이것도 추측에 가깝습니다."

"그러면 지금 돌아다니는 레드 드래곤은 네 시대의 레드 드래곤이 아니다?"

"지금 레드 드래곤이 날아다니며 종족들에게 굴복하라고 하지 않는 이상, 다를 거라고 생각합니다. 애초에 전하께서 그런 일을 실수할 거라고 생각되지도 않고요."

"그런가……."

얻은 정보는 많았지만 머릿속은 더욱 복잡해진 대화였다.

아주아주 예전에 레드 드래곤과 정의로운 드워프들이 한 차례 싸움을 벌였다. 그 결과 레드 드래곤은 죽고 이름 모를 드워프 왕도 죽었다.

'대체 드래곤을 어떻게 죽인 거지?'

시간을 다루는 능력으로 죽였다는 건 확실했다. 그건 부정할 수 없었다.

그러나 시간을 다룰 수 있는 수현의 입장에서 드래곤을 시간을 다루는 능력으로 잡을 수 있다는 확신이 서지 않았다.

한참 생각에 잠겼던 수현은 아차 싶었다. 드래곤은 어차피 수현이 다시 부딪힐 가능성이 적은 먼 세계의 이야기였다. 지금 신경 써야 할 건 현실이었다.

"호우얀, 너희 부족들은 꽤나 폐쇄적으로 지내왔지."

"예, 전하."

"특별한 이유라도 있나?"

"글쎄요. 특별한 이유라……. 그런 건 없을 겁니다. 제가 자는 동안에 무슨 일이 있지 않았다면…… 없었나?"

"네, 호우얀 님."

구그곤은 잠긴 목소리로 말했다. 그의 표정은 우울하게 변해 있었다. 수현은 그를 일으켜 세워주고 어깨를 토닥였다.

"너무 우울해하지 말라고. 나도 전하 취급받고 싶어서 이렇게 된 건 아니니까. 너희 어르신을 탓해."

"뭐 이런 새…… 컥!"

호우얀이 손을 휘누르자 구그곤이 명치를 움켜쥐었다. 초능력으로 후려갈긴 게 분명했다.

"예의를 지켜라, 구그곤."

"……."

이를 북북 가는 구그곤. 그는 씹어 먹을 기세로 수현을 노려보며 말했다.

"……예. 알겠습니다, 전하."

"흠, 전하란 소리도 계속 듣다 보니 괜찮아지는데? 이것도 체질인가? 정말 전생에 왕이었을지도 모르겠는데."

물론 그렇게는 생각하지 않았지만, 상대를 놀리기 위해서라면 수현은 얼마든지 거짓말을 할 수 있는 사람이었다.

'환생은 무슨…… 헛소리지.'

오로지 중요한 건 현실. 이 드워프 부족들이 아주 써먹기 좋은 패가 될 거라는 현실이었다.

"그러면 그냥 특별한 이유 없이 폐쇄적으로 지낸 건가?"

"저희가 다른 종족들이나, 다른 드워프 부족들과 접촉해 봤자 뭐 좋을 게 있겠습니까. 저희는 그럴 필요가 없는데 말입니다. 저희는 드래곤과도 싸워서 이겨낸 부족입니다. 다른 부족들과 굳이 나서서 어울릴 필요는 없다고 생각합니다."

호우얀의 목소리에는 자부심이 가득했다.

"그러면 내가 교류를 하자고 말한다면?"

"전하의 뜻대로 되시겠죠."

"아주 좋아. 고맙네, 호우얀. 그나저나 오랜 시간 동안 깨어 있으면 안 되는 거 아니었나?"

"이 정도는 괜찮습니다, 전하. 전하만큼은 아니었지만 저도 생전에 강력한 마법사였잖습니까. 걱정하지 않으셔도 됩니다."

"그래도 나이 든 사람을 고생시키면 쓰나. 들어가서 쉬도록. 이 구그곤한테 설명을 듣지."

"하하, 전하께서도 참…… 기쁠 뿐입니다."

만난 지 하루도 안 된 두 사람이 천연덕스럽게 대화를 나누는 걸 보자 구그곤의 가슴에서는 불길이 치솟았다. 호우얀을 돌려보내고 수현은 구그곤의 어깨를 다시 토닥였다. 구그곤은 거칠게 쳐 냈다.

"호우얀 부를까?"

"……원하는 게 뭡니까?"

기세가 죽은 목소리였다. 걱정이 됐다. 지금 둘의 대화를 들어보니, 호우얀은 수현이 시키기만 하면 뭐든지 할 것 같았다. 대체 저 인간이 뭘 할지…….

"너무 걱정하지 말라고. 내가 날 믿고 따르는 신하들에게 심한 짓을 시키겠나."

"누가 당신 신하……!"

수현이 손가락을 뻗어 호우얀이 사라진 곳을 가리켰다. 그러자 구그곤은 다시 입을 다물었다.

"몇 가지 묻고 싶은 게 있는데. 이 주변의 광물 같은 건 잘 캐고 있나? 이 시설들을 보아하니 충분히 그럴 것 같지만."

이런 암반을 뚫고서 구조물을 만들었다는 거 자체가 이 드워프들의 능력을 증명했다. 이 정도면 충분히 인간들의 복잡한 시설 없이 광산에서 채굴을 하는 게 가능할 것이다.

"……예."

"잠깐, 너희는 다른 부족들하고 교류를 안 한다고 들었는데. 채굴한 물건들을 다 쌓아놓나?"

"일부는 쓰고, 일부는…… 교환에 쓰기도 합니다. 안 하는 건 아닙니다. 가끔 찾아오는 다른 부족의 사절단에게 선물로 주기도 하고……."

"뭐야? 폐쇄적으로 지내는 척하더니. 그냥 인간을 싫어하는 거였군."

엘프나 드워프, 다크 엘프나 오크들과 달리 인간은 카메론에서 늦게 나타난 종족이었다. 채 100년도 안 되었으니, 인간을 보고서 놀라는 이종족들도 카메론 오지에는 많았다.

"그러면 친하게 지내도 되겠는데. 아, 이게 그 캐낸 물건들인가? 확실히 아름답긴 한데. 부자들이 좋아하겠어."

카메론의 이종족들이 만들어낸 예술품들이나 공예품들은 언제나 수집가들의 욕구를 자극했다. 특히 카메론에서만 구할 수 있는 보석 같은 건 더했다.

"그거 손대지 마십……."

수현은 무시하고 장신구들을 주렁주렁 걸쳤다. 구그곤은

한숨을 쉬며 포기했다. 만난 지 얼마 안 됐지만 수현이란 인간에 대해서 어느 정도 파악한 게 있었다. 막으면 더 막 나가는 사람이었다.

"저건 누구지?"

"이봐! 구해줘!"

"아, 아까 잡아 온 인간인데……."

"김수현! 어떻게 여기 안에 들어온 거지?!"

포로로 잡힌 초능력자, 타우 천은 손을 흔들었다. 김수현이 여기에 어떻게 들어온 건지 알 수는 없었지만, 지금 드워프들이 대하는 모습을 보아하니 포로로 잡힌 건 아닌 게 분명했다.

'게다가 그 김수현이 포로로 잡힐 리가 없지!'

김수현이 누군가한테 당하는 건 상상하기가 힘들었다. 그걸 본 구그곤이 입술을 씰룩거리며 말했다.

"지금 풀어드리겠습니다."

"아냐, 내버려 둬. 잘 지내는 것 같은데."

"?!"

타우 천은 귀를 의심했다.

지금 저놈이 뭐라고?

"김수현! 꺼내달라니까?! 이 드워프들한테 말해달라고!"

"미안하군. 나도 잡혔어."

"네가 잡히긴 뭘 잡혔어, 이 XX아! 지금 멀쩡하게 풀려 있잖아!"

"풀려만 있는 거야. 뭐 하나라도 까딱하면 날 죽이겠다네. 그냥 얌전히 있어."

'……동료가 아닌가?'

구그곤은 고개를 갸웃거렸다. 아까 밖에서 보여준 모습도 그렇고, 수현은 포로를 정말 신경 쓰지 않는 것 같았다.

수현은 울부짖는 타우 천을 무시하고 자리에 앉았다. 구그곤에게 이 주변 지도를 갖고 오라고 한 다음 차곡차곡 데이터에 입력했다.

입체 화상 장치로 기록되는 지도들을 보며 구그곤은 심란한 표정이었다.

"그러니까, 여기, 여기, 여기에 광산이 있고…… 이쪽에는 거인족 몬스터 소굴이고. 그런데 처리는 안 하나?"

"굳이 위협이 되지 않으면 가서 처리할 필요가 없으니……."

"현실적이군. 좋아, 좋아."

원래라면 직접 탐험대를 보내야 얻을 수 있는 귀중한 정보들!

그러나 여기서 오랜 시간을 지낸 드워프들은 이 주변을 손바닥처럼 잘 알고 있었다. 수현은 웃으면서 정보를 전부 저장했다. 물론 이건 독식할 생각이었다.

"그래, 우리 드워프 친구들. 아, 친구들이 아니군. 신하들."

까드득!

"이걸 나한테 알려줬다는 건 비밀이야."

"......?"

"앞으로 우리가 친해지고 나면 다른 인간들도 만나게 될 텐데, 그 인간들한테 말하지 말라고. 그 인간들이 이 주변에 대해 뭘 아냐, 같이 공유하자, 친하게 지내자, 이러면 다 무시해. 그냥 사무적으로 저런 장식품 몇 개 던져 주고 교역하는 시늉만 해."

철저한 이기주의!

수현은 미리 손을 써둘 생각이었다.

저 밑의 중국 측에서 알게 된다면 피눈물을 흘릴 상황. 기껏 다 준비를 해놨는데 중요한 건 수현이 전부 먼저 뺏어가려고 하고 있었다.

"여기 있는 장신구들은 그냥 장신구들이지? 아티팩트 아니지?"

"그렇습니다만……."

"그래, 이런 걸 막 귀중한 물건인 것처럼 포장해서 주라고. 몇백 년 전에 부족의 가장 뛰어난 대장장이가 만든 인생의 역작이라고 해도 되겠지."

"그거 5년 전에 연습 삼아서 만든……."

드워프 중 하나가 중얼거렸지만 수현은 무시했다.

"알 게 뭐야. 어차피 인간 대부분은 알지도 못한다고. 그냥 적당히 좋은 것처럼 엄청나게 포장을 해. 여기 있는 것들 모두. 막 아쉬워하고 주기 싫어하는 것처럼 난리를 치란 말이야. 그러면 중국인들…… 아니, 밑의 사람들도 이렇게 생각을 하겠지. '이렇게 귀중하게 여기는 걸 뜯어낼 수 있다니 우리가 아주 대단한 기회를 잡았구나!' 하고 말이야. 서로 기분 좋은 거래 아니겠어?"

이 드워프 부족의 진짜 가치는 이 주변에 대한 이해였다. 그런 걸 제외하고 장신구 몇 개만 가져간다면 본질을 놓치는 멍청한 짓이나 다름없었다.

"아, 그리고…… 혹시 드워프들이 갖고 있는 불로장생의 비약 같은 게 있나? 없지?"

수현은 어르신이라고 불리는 드워프 유령들을 쳐다보며 물었다. 아마 저런 유령 때문에 만들어진 헛소문이 아닐까 싶었다. 애초에 드워프들은 저런 식의 비약 제조에 능한 종족이 아니었다. 저런 건 엘프나 다크 엘프들이 전문이었다.

호우얀이 갖고 있는 구리 반지는 불로장생의 비법과는 거리가 멀었다. 저건 그냥 저주받은 드워프들이 망령이 되지 않도록 유지해 주는 물건이었다. 살아 있는 사람에게는 의미가 없었다.

"아뇨, 있습니다만."

"있다고?!"

"예…… 재료가 조금 까다롭긴 한데 이 주변에서 다 모을 수 있습니다. 마시면 늙지 않고 건강하게 장수할 수 있는 비약인데…… 그건 호우얀 님이 잘 아실 겁니다."

수현이 부르자 벽에서 호우얀이 다시 스르르 불려 나왔다.

"호우얀, 불로장생의 비약이란 게 뭐지?"

"전하께는 별 쓸모가 없을 텐데요? 그건 어린 드워프한테나 먹이는 약입니다. 한번 먹으면 유약했던 신체도 강철처럼 단단하게 변하죠. 잔병치레 같은 것도 하지 않고 말입니다."

"수명도 늘어나나? 늙지도 않고?"

"건강해지면 자연스럽게 수명도 늘어나는 법입니다, 전하. 늙는 건 매우 느려지고요."

"그런데 왜 나한테 쓸모가 없다는 거지?"

"전하 정도 되는 마법사는 마셔도 별 효과가 없을 테니까요. 이미 충분히 건강하시잖습니까."

"초능력을 말하는 거겠지? 어쨌든 일반인들은 환장을 하겠군. 잠깐, 가만 보자……."

수현은 생각에 잠겼다. 원래 이것도 숨길까 싶었는데, 이건 좀 위험해 보였다.

이 주변에 길이 열린 이상 중국인들은 이번으로 끝나지 않고 계속 돌아다니게 될 것이다. 드워프들이 제한적으로 교류를 하며 정보를 숨기는 건 들키지 않을 가능성이 컸다. 그냥 아무것도 모른다고 잡아떼며 다른 것에 시선을 돌리면 중국인들도 거기에 넘어갈 테니까.

그러나 저런 비법은 의미가 달랐다. 애초에 리허쥔 같은 사람은 그 비법 때문에 여기에 온 것 아닌가. 드워프들이 '없다'고 하더라도 물러나지 않고 계속 쑤시고 다닐 것이 분명했다.

괜히 그렇게 내버려 뒀다가 일을 귀찮게 만드는 것보다는 그냥 던져 주는 게 나을지도 몰랐다.

어차피 일반인에게만 의미가 있는 비약이라면 풀려봤자 위험하지도 않을 테고…….

물론 젊음과 건강에 집착하는 사람들은 환장을 하겠지만 수현에게는 별 의미가 없었다.

'지금 이 대화가 끝나고 나서, 중국인들이 이 드워프들을 매우 까다롭게 생각해야 하는데 말이야.'

이 드워프들과 쉽게 교류할 수 있고 소통할 수 있다고 생각하게 되면 안 됐다. 매우 한정적인 기회를 아주 어렵게 얻어냈다고 생각하게 만들어야 했다. 그래야 써먹기 좋았다.

'그래, 비약은 던져 줘야겠군. 이유를 만들어서라도.'

"좋아, 구그곤. 내 백성들을 불러오라고. 명령할 게 있으니."

"……."

"알겠어. 그냥 드워프들이나 불러와. 전하 행세는 그만할 테니까."

"좋습니다."

"악수할까?"

구그곤은 망설이더니 손을 내밀었다. 일종의 타협이었다.

-대접해 줄 테니까 제발 호우얀을 꼬드겨서 이상한 짓은 하지 말아다오!

악수를 끝낸 수현은 저 멀리서 타우 천이 갇혀 있는 걸 보고 말했다.

"그런데 저놈, 왜 이렇게 근성이 없지? 그래도 나름 특수부대 소속이었던 놈이었으면 탈출이라도 시도해야 하지 않나? 저 정도도 못 끊고 도망치다니."

"전하, 초능력을 못 쓰게 만들었습니다. 저희는 포로를 내버려 둘 정도로 멍청하지 않습니다."

"어떻게?"

"약이 있지요."

수현의 눈빛이 빛났다.

"그 레시피를 알려주겠나? 아. 물론 이건 절대로 중국인들에게 알려주지 말라고. 나중에 물어보면 시치미라도 떼. 아티팩트를 썼다든가, 초능력자가 막았다든가."

"물론입니다, 전하."

밖으로 수현이 나오자 중국인들이 기다리고 있었다. 놀랍게도 리우 신과 그 동료들은 내려가서 보고하지 않은 상태였다.

"뭐야, 아직 기다리고 있었나? 내려가서 쉬지 그랬어."

있을 줄 몰랐다는 듯이 말하는 수현의 태도에 중국인들은 머리에서 김이 날 것 같았다. 저 뻔뻔스러운 태도라니!

수현이 좋아서 기다린 게 아니었다. 그들 상황 때문이었다. 수현과 같이 올라갔는데 멍청하게 놈만 안으로 들어가고, 다른 한 명은 포로로 잡혔는데 그들만 내려오면…….

지금 그들 상황에서는 무사할 수가 없었다.

71장
불로장생의 비밀(4)

리우 신은 스스로에게 이런 인내심이 있었다는 것에 새삼스럽게 놀라는 중이었다.

원래라면 당장에 칼을 뽑아서 목을 날려 버리려고 덤볐을 텐데. 사람이 극한 상황까지 몰리면 정말 몰랐던 모습이 나오는구나!

"김수현 씨께서 고생하시는데 저희만 가서 쉴 수 있겠습니까. 당연한 일이죠."

"뭘 좀 아는군."

부들부들 떨리는 입꼬리. 리우 신이 어색한 웃음을 짓는 걸 보고 수현은 물었다.

"춥나? 왜 그렇게 입을 떨어?"

"……그래서 대화는 어떻게 끝났습니까?"

"뭐…… 워낙 까다로워서 별로 얻은 건 없어."

리우 신의 눈빛에 의심이 맴돌았다.

분명 저기에서 나온 드워프 유령들이 수현을 전하라고 모시고 들어갔는데?

"저 드워프 유령들이 김수현 씨를 전하라고 부르지 않았습니까?"

"알고 보니까 저 유령이 노망난 거였더라고. 들어가서 이야기해 보니까 가끔 그런다고 하더라."

뒤에서 듣던 드워프들이 어깨를 움찔거렸지만 중국인들은 눈치채지 못했다.

뒤에서 느껴지는 따가운 시선은 무시하고 수현은 말을 이었다.

"어쨌든 덕분에 들어갈 수는 있었으니 감사해야 할 일이지. 그렇지 않나?"

"그렇습니다만……."

리우 신은 여전히 찜찜한 기분이었다. 수현이 드워프들과 안에서 나눈 대화가 궁금했다. 저 유령들이 갑자기 아무 이유 없이 수현을 전하라고 부르지는 않았을 테니까.

그러나 지금 그는 수현에게 캐묻는 게 불가능했다. 위치도 그렇고 괜한 짓을 했다가는…….

'오히려 역공당하겠지.'

"드워프들을 설득하는 데에는 성공했어. 전면적으로 협조는 안 해주겠지만 인원을 선별해서 따로 만나주는 정도는 해주겠다고 하더군."

지금도 폐쇄적인 이종족들이 종종 고르는 방식이었다. 민간인들까지 와서 돌아다니는 걸 허락하는 전면 개방이 아닌, 몇몇 허락받은 인원만 와서 필요한 걸 상의하고 거래하는 방식.

아예 접촉 자체를 허락하지 않고, 꺼지라고 공격을 해왔던 드워프들의 예전 태도와 비교한다면 엄청난 발전이었다.

리우 신의 얼굴이 살짝 밝아졌다.

"정말입니까?!"

"정말이다."

구그곤까지 나서서 고개를 끄덕이자 리우 신은 의심을 풀었다. 일단 목표는 달성한 셈이었다. 이걸로 리허쥔에게 얼토당토않은 트집을 잡힐 일은 사라졌다.

'목숨을 연장했군.'

동료와 함께 목숨과 위치를 건졌나는 사실에, 수현이 무슨 수작을 부렸는지에 대한 의심은 사라져 버렸다. 리우 신은 감사의 인사를 하려다가 무언가 생각나서 입을 열었다.

"잠깐만요."

수현은 움찔했다.

설마 안에서 뭔가 꾸민 게 들켰나?

"제 부하는 어디 있습니까?"

"아…… 미안, 잊어버렸군. 지금 데리고 나와달라고 할게."

"……."

"몇 대 맞았지만 괜찮아."

"……알겠습니다."

얼마 지나지 않아 타우 천이 말끔한 얼굴로 걸어 나왔다. 물론 상처가 사라진 건 수현이 치료해 준 덕분이었다. 그는 불만 섞인 눈으로 수현을 쳐다보았다.

'저 인간…… 구해주지도 않고…….'

"뭐? 해결했다고??"

리허쥔은 깜짝 놀랐다. 아니, 일의 해결을 기대하고 리우 신을 보내기는 했지만, 이렇게 바로 해결되기를 기대한 건 아니었다.

무엇보다 이러면…….

'내 체면이 망가지잖아!'

리우 신을 선봉대로 보낸 건 어디까지나 드워프 부족들의 상황을 알아내고 약점을 알아내기 위해서였다.

그 이후 공략과 설득은 이쪽, 그러니까 그의 사람들이 직접 나서서 할 생각이었다. 그런데 먼저 간 리우 신이 드워프들과 접촉해서 설득을 끝내고 교류를 성공시키다니.

'이 드워프 놈들은 그렇게 유별을 떨더니 정작 리우 신이 가니까 한 번에 문을 열어?!'

울화통이 치밀었지만 그렇다고 해서 결과가 달라지는 건 아니었다. 리허쥔은 리우 신을 보며 물었다.

"드워프들을 어떻게 설득했나?"

"김수현이 우연한 계기로 드워프와 접촉하게 된 것 같습니다. 그 후에 설득에 나선 것 같고요. 자세한 사항은 저희도……."

"……그러니까 김수현이 처음부터 끝까지 다 나서서 했다?"

"아니, 그런 게 아니라…… 저희 팀도 분명 최선을 다해……."

"그래그래, 그랬겠지. 나가보게."

"……."

리우 신은 고개를 숙인 후 밖으로 나갔다. 리허쥔이 무슨 생각으로 저렇게 나온 건지 짐작이 갔다.

'이 빌어먹을 자식이…….'

'흠…… 그래도 리우 신보다는 김수현이 낫겠지.'

설마 살다 살다 그가 김수현의 공적을 띄워줄 날이 올 거라고는 생각하지 못했다.

지금 상황에서는 이번 일의 해결을 김수현의 공적으로 하는 게 최선의 상황. 리우 신은 띄워줬다가는 그가 위험했지만, 김수현은 띄워줘 봤자 어차피 다른 나라의 사람이었다. 그가 김수현한테 자리를 위협받지는 않을 것이다.

게다가 무리도 아니었다. 김수현은 워낙 이름이 있고, 이번 일에서도 꽤나 주도적으로 나선 것 같으니 김수현이 대부분의 일을 해결했다고 해도 리우 신은 불평할 수 없을 것이다.

불평하더라도 어디에 대고 불평하겠는가. 그의 라인은 지금 사라진 상태인데.

리우 신도 그걸 알고 있기에 조용히 입을 다물고 나간 것이 분명했다.

'좋아, 이렇게 처리하면 되겠군. 어쨌든 드워프 놈들의 문이 열렸으니…….'

일단 원하는 것을 위해 길이 열린 상태였으니 그걸 거부할 이유가 없었다. 리허쥔은 빠르게 계획을 세웠다.

'놈들에게 비약이 있는지부터 확인하고 가야겠군. 있다면 절대로 미국 놈들한테 양보할 수는 없지.'

모두가 하는 생각.

─우리가 같이 얻고 같이 나누기로 약속했지만 상대에게

는 양보해 주기 싫다!

　가능하면 독점하고 싶은 게 사람의 마음. 리허쥔도 수현과 똑같은 생각을 하고 있었다. 지금 드워프들과 교류가 열린 상황에서 최대한 빠르게 먼저 접촉을 하고, 비약이 있다면 그가 먼저 선점을 해야 했다.

　드워프들에게 적절한 대가를 준다면 그들도 입을 다물어 주리라.

　미국인들이 나중에 알게 될지도 모르지만, 이미 그때면 늦은 상황일 것이다.

　"으핫핫핫핫!"

　리허쥔이 리우 신과 사이가 좋았다면 리우 신도 제대로 보고를 했을 것이다. 드워프들과 만났을 때 드워프 유령들이 수현을 전하라고 부른 일 같은 것도 모두.

　하다못해 보고를 전부 듣기 전까지만이라도 본색을 숨겼다면 리우 신도 나름 성실하게 보고를 했을 텐데, 리허쥔은 리우 신을 일이 끝났다는 걸 알자 바로 팽해버렸다.

　당연히 리우 신은 나머지 사실을 말하지 않았다. 그리고 그의 부하들도 마찬가지였다.

　"드워프들을 불러라! 내가 직접 만나보겠다."

"있습니다."

"그, 그게 정말입니까?"

리허쥔의 목소리가 떨렸다. 믿을 만한 정보를 얻고서 이 원정을 계획하기는 했지만, 카메론에서의 일은 언제나 변수가 많았다. 정말 믿을 만한 정보라도 실제로 가 보면 잘못된 정보였던 경우도 많았던 것이다.

그렇기에 구그곤의 입에서 '있다'라는 말이 나오자, 리허쥔의 가슴은 뛰기 시작했다.

지금 그는 권력의 위로 올라가기 위한 관문에 서 있었다!

"예."

"혹시 이 이야기를 다른 인간한테도 하셨습니까?"

가장 먼저 든 건 김수현이나 리우 신이었다. 둘 다 이 비약에 대한 정보는 갖고 있을 것이다. 이 원정대에 있는 사람이라면 모를 수가 없었다. 그걸 위해서 여기 온 것이나 마찬가지였으니까.

김수현보다 더 걱정되는 건 리우 신이었다. 그가 먼저 새치기를 해서 정보를 얻은 다음 올리게 된다면…….

그러나 구그곤은 고개를 저었다.

"아니요. 그런 이야기는 하지도 않았습니다."

"정말입니까?"

"그런 이야기를 왜 했겠습니까?"

"그, 그것도 그렇군요. 혹시 자세히 말씀해 주실 수 있으십니까?"

"이건 아주 예전부터 전해져 온 비약입니다. 만들기 매우 까다롭지만 불가능하지는 않죠. 저희 부족에서는 중요한 자리에 있는 사람들이 마시게 됩니다."

"만들기가 힘들다?"

"들어가는 재료들이 워낙 희귀하고 양도 적은 것이라…… 대량으로 만드는 건 무리일 겁니다. 인간들은 대량으로 소비하지 않습니까?"

"아, 괜찮습니다. 그건."

어차피 이 비약은 전 세계에 특허라도 내려는 게 아니었다. 위에 뇌물로 바칠 생각이었다. 하나만 있어도 그건 가능했다. 몇 개 더 있으면 좋겠지만…….

"지금 만들어진 비약이 있습니까?"

"아니요, 없습니다."

사실 있었다. 몇 개 정도는 드워프들이 쓰기 위해 비축으로 남겨놓았으니까.

그러나 구그곤은 이미 수현과 계약을 끝낸 상태였다. 리허쥔의 얼굴에 실망이 엿보였다.

"혹시…… 비법을 알려주는 건 안 되겠습니까?"

"그건 무리입니다. 죄송합니다."

수궁의 대답이 돌아올 거라고는 생각하지 않았다. 리허쥔은 고개를 끄덕였다. 그러나 속으로는 기회를 잡아 뺏을 생각을 했다.

그리고 구그곤도 그런 리허쥔의 생각을 눈치챘다.

'김수현의 말을 다 믿는 건 아니지만 이 인간은 확실히 사악하군.'

김수현은 구그곤과 이야기할 때 리허쥔의 악담을 잔뜩 했다. 말만 들으면 세계 제일의 악당이라고 생각해도 이상하지 않을 정도로.

물론 그걸 다 믿을 정도로 구그곤은 순진하지 않았지만, 실제로 만나보니 리허쥔은 매우 욕망이 가득해 보였다.

구그곤은 사람 보는 눈이 꽤 좋은 드워프였다. 괜히 어르신들이 그를 믿고 자리를 맡긴 게 아니었다.

"그렇다면 비약을 얻는 건 어떻습니까."

"드릴 수는 있습니다."

"……!"

"대신 만들기 위해서 그쪽에서 도와주셔야 합니다. 비약을 만들기 위해서는 상당히 많이 움직여야 하는데, 우리는 필요하지 않으면 그런 위험을 감수하지 않습니다. 이 주변에는 위험한 몬스터가 많으니 말입니다."

물론 이것도 거짓말이었다. 드워프들은 이 주변의 몬스터에 대해 거의 완전하게 꿰고 있었다. 몬스터들이 나올 만한 지역은 빼고 돌아다녔고, 그들이 움직이는 곳에 몬스터들이 있다면 이미 토벌한 지 오래였다.

그러나 이것도 수현의 부탁. 구그곤은 충실하게 따랐다.

리허쥔의 눈빛이 탐욕으로 번뜩였다.

"그렇다면 우리가 몬스터를 상대할 경우, 그쪽에서는……."

"비약을 만들어 드리겠습니다. 재료만 다 갖춰진다면 만드는 것 자체는 어렵지 않으니."

"좋습니다! 당장 준비하겠습니다."

리허쥔은 흔쾌히 승낙했다. 비싼 대가를 치르고 인공 아티팩트를 대여한 건 이러기 위해서였다.

말을 하고 나서 리허쥔은 문득 떠오르는 생각이 있었다.

"다 모을 경우 비약을 어느 정도 만들 수 있겠습니까?"

"하나 정도는 확실히 만들 수 있겠지만, 두 개는 잘……
언제나 양이 적어서 확신할 수가 없군요."

"……혹시 이번 일에 대해서 비밀을 지켜주실 수 있으십니까?"

"무슨 소리이신지?"

"재료를 모으기 위해 움직일 때 드워프들의 도움을 받아야 할 텐데, 이때 다른 사람들에게 어떤 말도 하지 않아주셨으면 합니다. 그저 거래 대가로 몬스터 토벌을 하고 있다고만 해주셨으면 좋겠습니다. 가능하겠습니까?"

구그곤은 놀랐다. 수현이 말한 대로 리허쥔이 움직이고 있었다. 마치 둘이 짠 것처럼 느껴질 정도였다.

"왜 그래야 합니까?"

"비약에 관해서 많은 사람이 알면 좋지 않을 테니까요. 아실지 모르겠지만 많은 인간이 꽤 탐욕스럽습니다. 드워프들에 대해 알게 된다면 우리가 제한을 하려고 해도 여기로 찾아올지도 모릅니다."

구그곤은 비웃음이 나오려는 걸 참아야 했다. 상대는 지금 어린아이도 속지 않을 논리로 겁을 주고 있었다.

"글쎄요. 잘 모르겠군요."

"구그곤 씨, 다른 사람들은 곧 떠날 사람들이지만 우리는 계속 이 주변에 있을 겁니다. 전폭적인 지원을 약속해 드리겠습니다. 전폭적인 지원이요."

"전폭적인?"

"예, 말 그대로 의료, 통신, 물자든 뭐든…… 저희와 손을 잡으시면 그 모든 걸 지원해 드리겠습니다."

"……!"

구그곤은 심드렁했지만 겉으로는 놀란 척을 했다.

"좋습니다. 그러면 같이 움직이되, 관련된 건 리허쥔 씨하고만 이야기하면 되겠습니까?"

"바로 정확하게 그겁니다."

"그렇게 하도록 하지요."

리허쥔은 승리의 표정으로 구구곤과 악수를 했다. 이걸로 일은 다 해결된 것이나 마찬가지였다. 미국인들은 광산의 권리나 몬스터들의 사체나 가져가게 될 것이다. 돈은 되지만, 그런 건 어디에서나 있었다.

'거래는 이렇게 하는 거지. 너무 안일했군, 김수현. 처음 만났을 때 마음을 휘어잡지 못하니 이렇게 되는 거다.'

리허쥔은 사람들을 부를 준비를 했다. 부른 다음에는 이렇게 말할 생각이었다.

드워프들이 알려줄 광산을 얻는 대가로 몬스터를 토벌해야 한다고.

예상한 대로, 수현은 쉽게 수긍하지 않았다. 리허쥔은 오히려 안도했다. 쉽게 수긍했으면 되레 의심이 갔을 것이다. 수현은 노골적으로 싫은 표정이었다.

"광산 몇 개 얻자고 그 짓을 해야 합니까?"

"광산 몇 개라니요. 그 광산들의 가치가 어느 정도인지 모르십니까?"

"아, 가치야 있겠죠. 돈은 되겠지만…… 뭐 더 다른 거 없습니까?"

"다른 거라니, 뭘 말하시는 건지?"

모두가 불로장생의 비약에 대해서는 알고 있었지만 공개적으로 말을 꺼내지는 않았다. 그걸 알고 있는 리허쥔은 수현을 보며 물었다.

'인공 아티팩트를 쓰고 싶지는 않겠지. 그렇지만 어쩔 수 없을 거다.'

리허쥔은 이미 승기를 잡았다. 여기서 노골적으로 반기를 들 수는 없을 것이다. 계약은 계약이었으니까.

"그냥 물어봤습니다. 알겠습니다. 몬스터 처치에 참가하죠."

"협조 감사드립니다."

리허쥔은 진심으로 웃었다.

"이봐, 지금 저게 뭐 하는 거지?"

"예?"

리허쥔의 말에 초능력자는 고개를 돌렸다. 수현이 드워프, 구그곤에게 접근해서 무언가 떠들고 있었다.

"대화하고 있잖습니까?"

"이런 멍청한 놈······! 가서 막아! 잘 들어라. 둘이 단독으로 접촉하게 두지 마!"

이미 밑 작업을 하기는 했지만 리허쥔은 구그곤을 진심으로 신뢰하지 않았다. 그러나 리허쥔이 명령했음에도 불구하고 초능력자는 당황하는 기색이었다.

"왜 가만히 있나?"

"상대가······ 김수현이잖습니까."

"······그래서 못 하겠다고?"

"아닙니다!"

리허쥔의 목소리에서 살기를 느낀 초능력자는 급하게 등을 돌렸다. 그걸 보고 리허쥔은 한 가지 사실을 깨달았다.

지금 원정대에 있는 중국인은 모두 김수현을 두려워하고 있었다. 정도 차이가 있을 뿐이지, 이들 중에서 이빨을 드러낸 김수현과 마주하게 될 경우 제대로 배짱 있게 덤빌 놈이 없었다.

가서 김수현과 구그곤의 대화에 끼어든 초능력자의 얼굴에는 긴장과 미약한 공포가 깃들어 있었다. 리허쥔이 없다면 당장 도망쳤을 것이 분명했다.

'생각보다 심각하군.'

그가 있는데도 이 정도라면 그가 없을 때 무슨 사달이 날지 몰랐다.

리허쥔은 혀를 찼다. 김수현은 방심할 수 없는 놈이었다. 내버려 두면 무슨 짓을 할지 몰랐다.

'어쩔 수 없나. 내가 직접 참가하는 수밖에.'

리허쥔은 원정대에 합류하기로 마음먹었다. 구그곤이 직접 원정대를 이끄는 이상 그가 참가해서 김수현을 감시하는 수밖에 없었다.

'다른 놈들은……'

부하 중에서 김수현을 상대한다고 생각했을 때 믿을 만한 놈이 없었다. 리허쥔은 고개를 저었다. 결국 일을 처리해야 하는 건 그 자신.

그런 생각을 하던 도중 김수현 쪽으로 보낸 부하가 돌아왔다. 그의 이마에는 땀이 가득했다.

"무슨 대화를 나누던가?"

"그…… 드워프들이 가진 것 중에서 뭐 좋은 거 없나, 이런 걸 묻던데요."

'역시……!'

"잘 막았겠지?"

"일단 끼어들어서 말은 걸었습니다만……."

"좋아, 계속 그렇게 해라. 구그곤도 우리와 약속한 게 있으니 우리가 보는 앞에서 배신하지는 않겠지."

"알겠습니다."

"대원들을 불러. 로테이션을 만들어 구그곤을 감시해라. 다른 놈들도 마찬가지로 감시해. 구그곤이 드워프 교섭의 핵심이다. 괜한 수작을 부리지 못하도록 철저하게 방해해! 목숨을 걸어서라도!"

"예!"

그러는 사이 수현은 하품을 하며 기다리고 있었다. 그는 리허쥔의 얼굴을 원견으로 관찰하고 있었다.

'몇 번 더 자극하면 나오겠군.'

수현은 계획을 세우고 있었다. 여기 있는 사람 중 아무도 생각하지 못한 계획을.

우샹카이는 헛기침을 하며 말했다.

"저, 리허쥔 님."

"뭐지?"

"보고드릴 게 있습니다만…… 김수현이 좀 이상합니다."

"……?"

"저한테 와서 은근하게 캐묻더군요. 리허쥔 님도 원정에 참가하는지 말입니다."

우샹카이는 속으로 침을 삼켰다. 별거 아닌 일이었지만 이상하게 가슴이 뛰었다. 김수현이 시킨 일이었기 때문이었다.

"그래?"

그 순간, 리허쥔은 확실하게 마음을 다졌다. 그도 현장에 나서기로. 몬스터가 있다고 해봤자 수현과 인공 아티팩트 전력이 있고, 중국 쪽 전력까지 있는데 위험하지는 않을 것이다. 그 위험과 비교한다면 수현이 일을 망칠 가능성이 훨씬 높았다.

"어떻게 대답했나?"

"잘 모른다고 대답했습니다만⋯⋯."

"좋아, 잘했어. 계속 그렇게 하라고."

"예."

"우샹카이, 내가 이번에 당의 안으로 들어가게 되면⋯⋯ 내 후임은 너다. 무슨 뜻인지 알지?"

"물론입니다, 리허쥔 님!"

"좋아, 나가보도록."

우샹카이가 고개를 숙이고 나가자 그다음으로 진뤄궁이 들어왔다. 리허쥔이 앉으라고 손짓을 보냈다. 진뤄궁은 고개를 숙인 후 앉았다.

"내가 왜 불렀는지 알겠나?"

"잘 모르겠습니다."

"이번 일이 끝나면 자리에 공백이 생기겠지. 단도직입적으로 말하겠네. 나는 널 후임으로 생각하고 있다."

"……!"

리허줜은 우샹카이를 후임으로 만들 생각이 없었다. 우샹카이는 머리가 잘 돌아가는 놈이었다. 그런 놈에게 카메론에서 중국의 실질적인 실권을 주는 건 지나치게 위험했다. 언제 우샹카이가 실적을 세워서 그의 자리를 위협할지 모르는 일이었으니까.

차라리 진뤄궁이 나았다. 그는 진뤄궁을 잘 알고 있었다. 좋은 가문을 가지고 있었지만 머리는 없었다.

초능력과 핏줄만 믿고 날뛰는 애송이.

다루기는 쉬웠다. 적당히 얼러주면 그의 예상을 넘어가지 않을 것이다.

"……감사합니다!"

"이번 일이 얼마나 중요한지 알겠나?"

"물론입니다!"

"좋아, 나가보도록."

혼자 남은 리허줜은 느긋하게 어두운 카메론의 밤하늘을 쳐다보았다. 그의 시대가 다가오고 있었다.

"꼭 이렇게 만나야 하나? 눈치가 좀 보이는데."

"지금 말을 들으면 만나게 된 걸 고마워하게 될 거다."

"……?"

우샹카이의 불평에 수현은 진뤄궁에게 손짓했다. 진뤄궁은 머뭇거리더니 다가왔다.

"리허쥔에게 무슨 말을 들었나?"

"그…… 이번 일이 중요하니 최선을 다하라고……."

"덜 맞았군."

"?!"

진뤄궁은 본능적으로 초능력을 발휘했다. 강철도 찢을 만한 강력한 힘으로 땅을 박차고 수현과의 거리를 벌리려고 했다.

으드득!

그러나 다리가 꺾일 수 없는 방향으로 꺾였다. 진뤄궁은 땅에 얼굴을 처박았다.

"내가 재밌는 아티팩트가 많다, 진뤄궁. 지금 작동시킨 건 방음 아티팩트지. 이런 아티팩트는 화려한 아티팩트보다 쓸모가 없다고 생각되지만, 난 오히려 이런 걸 좋아해."

수현은 진뤄궁의 머리를 잡고 그대로 걷어찼다.

"컥!"

"내가 널 너무 존중해 줬나? 응?"

마치 고무공처럼 통통 튀는 진뤄궁의 신체.

우샹카이는 입을 떡하니 벌렸다. 진뤄궁이 그의 눈앞에서 이렇게 개처럼 두들겨 맞을 줄은 몰랐다.

"꼭 이렇게 야만적으로 대해야 정신을 차리겠나? 좀 문명인처럼 서로를 대할 수 있잖아? 안 그래? 왜 날 이렇게 폭력적으로 만드나? 널 때리는 내 마음이 얼마나 아픈지 아나?"

"컥! 컥! 잠깐, 잠깐만! 제대로 말하면 되잖아!"

"슬프다, 진뤄궁. 사람은 변할 수 없는 건가? 응? 어떻게 생각해. 내가 틀리게 생각한 건가?"

더 맞았다가는 수현의 슬픔과는 상관없이 숨통이 끊어질 것 같았다.

"제대로 말하겠습니다! 제대로 말할 테니! 제발!"

진뤄궁은 오히려 폭력에 약했다. 살아오면서 자신의 힘을 휘두른 경험만 갖고 있는 놈은 자기가 맞는 것에 약했다.

"리허쥔이 뭐라고 하디?"

"그…… 자기 후임으로 절 생각하고 있다고……."

"?!"

우샹카이는 화들짝 놀라서 진뤄궁을 노려보았다. 진뤄궁은 하도 두들겨 맞아서 우샹카이에게도 겁을 먹고 기가 죽었다.

"제가 원한다고 한 거 아닙니다!"

"그런데 입 다물고 있었지. 욕심이 있었나 봐."

"이 건방진 새끼가……!"

우샹카이가 발끈해서 진뤄궁을 노려보았지만 수현이 제지했다.

"괜찮아, 우샹카이. 그만큼 리허쥔이 자신감이 있다는 것 아닌가."

"……?"

"내가 이번 일이 끝나면 리허쥔이 사라지는 마술을 보여 주지."

"??"

우샹카이는 말을 이해하지 못했다.

"약점을 벌써 찾았나?!"

"약점? 뭐…… 약점이라고 볼 수 있겠지. 내가 시키는 대로만 하라고."

"알겠다."

우샹카이는 고개를 끄덕이고 진뤄궁을 다시 노려보았다.

육체 강화 초능력에도 불구하고 저렇게 다치다니.

수현은 그를 빠르게 치유시키고 진뤄궁의 어깨를 툭툭 쳤다.

"힉!"

진뤄궁은 고양이 앞의 쥐처럼 바들바들 떨었다.

"앞으로는 좀 진실하게 살자고. 안 그러면 내가 널 죽이기

전에 쟤가 널 죽일 거야. 쟤가 좀 호구 같아 보여도 자기 권력에는 민감하거든."

"알, 알겠습니다."

"쓸데없는 짓은 하지 마. 내가 보기에 너는 지금 자리가 딱 최고야. 네 그릇이 거기까지라고. 성격 더럽고 머리 쓸지 모르는 약쟁이가 위에 올라가 봤자 사고만 난다."

"……."

"왜, 불만이라도 있나?"

"아, 아닙니다."

"불만이 있는 줄 알았는데. 아니면 됐어. 지금부터 내가 하는 말을 잘 들으라고. 이대로 따라줘야 하니까."

"조준 끝냈습니다."

"발사시켜."

콰르릉!

리허쥔 옆에 있던 구그곤은 펄쩍 뛰었다. 직접 본 인공 아티팩트의 위력이 생각보다 훨씬 대단했던 것이다. 애꿎은 거인만 쓰러져서 나뒹굴었다.

"어떻습니까?"

"대단하군요……."

구그곤은 감탄하듯이 고개를 끄덕이더니 말했다.

"일단 저 거인이 처리되었으니 놈의 서식지에 들어가서 '윤회의 돌'을 갖고 나와야 합니다."

"윤회의 돌?"

"저희끼리 그렇게 부릅니다. 어쨌든 거인만 없으면 이 주변에서는 위험할 게 없으니…… 갔다 오도록 하지요."

구그곤이 나서려 하자 수현도 나섰다.

"같이 가지요."

"?!"

리허쥔은 당황해서 말했다.

"왜 김수현 씨까지?"

"이 주변은 꽤나 위험하지 않습니까. 그리고 이 드워프분이 왜 가는지도 살짝 궁금하네요."

"몬스터의 사체에서 필요한 게 있다고 하지 않았습니까."

"그래요? 그냥 구경만 하죠, 뭐. 드워프들이 뭘 가져가는지 평소에 흥미가 있었거든요."

'끈질긴 자식……!'

구그곤은 나직하게 속삭였다.

"괜찮습니다. 사체를 챙기면서 안 들키게 가져올 수 있습니다."

"그렇지만 상대가……."

고민하던 리허쥔은 우샹카이에게 손짓했다.

"같이 따라가라. 놈이 허튼짓을 못 하도록……."

"저희만으로 말입니까?"

"뭐?"

지금 이 인원을 데리고 수현에게 겁을 먹은 우샹카이에게 어처구니없어하던 리허쥔은 다시 한번 사실을 깨달아야 했다.

'이놈들을 내가 믿어야 하나?'

"아니, 나도 따라가도록 하지. 대원들을 데리고 와라!"

"알겠습니다."

원정의 총책임자이자 카메론의 권력자인 리허쥔에게는 수현도 함부로 하지 못했다.

적어도 리허쥔은 그렇게 생각했다.

일행은 곧 나뉘어서 움직였다. 암석 거인은 금세 찾을 수 있었다. 리허쥔은 불안한 시선을 수현에게 던졌다.

'저놈이 괜히 트집이라도 잡는 건 아니겠지.'

우샹카이와 신뤄궁, 그리고 중국인 초능력자들은 필요하다면 수현을 방해하기 위해 버티고 섰다. 우샹카이는 나직하게 속삭였다.

"어쩔 생각이냐? 지금 뭘 어떻게 하려고?"

"아, 별건 아니고……."

수현은 태연하게 리허쥔 앞으로 걸어왔다. 구그곤을 따라가지 않고 그의 앞으로 오자 리허쥔은 의아해했다.

어째서?

퍽!

거대한 바윗덩어리가 리허쥔의 머리를 후려쳤다. 리허쥔은 비명도 지르지 못하고 쓰러졌다. 즉사였다.

"누구나 머리를 강하게 치면 죽지."

약점이라면 약점.

처음부터 수현은 리허쥔과 중국 정치 내에서 싸울 생각이 없었다. 그런 귀찮은 것보다 밖으로 끌어내면 한 번에 처리가 가능했다.

"!!!!!!!!!!!!!"

자리에 있던 모두가 경악했다. 훈련받은 초능력자들은 바로 무기부터 꺼내 들었다.

그러나 공격하지는 못했다. 상대가 수현이었기 때문이었다. 그 대신 누군가가 입을 열었다.

"미친 거냐!"

"무슨 말이지?"

"지금 넌 리허쥔 님을 살해했다!"

"살해라니. 내가?"

수현은 어깨를 으쓱거리더니 구그곤을 쳐다보았다.

"이 인간이 왜 죽었지?"

"암석 거인이 갑자기 나타나서 기습해서다."

"그렇다는군."

"미쳤군! 그런 말이 통할 것 같나?!"

퍽!

"!?"

"아직도 말이 안 된다고 생각하는 놈 있나?"

"여, 여기 전원을 죽일 생각이냐? 아무리 너라도 절대로 그냥 넘어갈 수는……."

"우샹카이, 리허쥔이 왜 죽었지?"

"……암석 거인이 기습해서다."

"!!!!"

"진뤄궁, 리허쥔이 왜 죽었지?"

"암석 거인이 기습해서입니다."

"자, 그러면……."

수현이 가장 가까운 초능력자에게 손가락을 뻗었다. 남자는 침을 삼켰다.

"리허쥔이 왜 죽었나?"

"……아, 암석 거인이 기습해서입니다!"

"눈이 좋군. 자, 리허쥔이 왜 죽었지?"

"암석 거인이 기습해서입니다!"

처음이 어렵지, 누군가 한 명이 시작하면 그다음은 쉬워졌다. 어떤 사람도 여기서 시체가 되고 싶지는 않았다.

게다가 우샹카이도 굴복한 상황. 괜히 튀려는 사람은 아무도 없었다.

"좋아, 감히 기습한 암석 거인 사체는 하나 가지고 오면 될 거고…… 축하해, 우샹카이. 자리 하나는 제대로 얻게 되겠군. 안 그래?"

"어…… 그래……?"

우샹카이는 그 자신도 모르게 시선을 돌려 다른 초능력자들을 쳐다보았다. 모두 경악한 채 입을 벌려서 그를 쳐다보고 있었다.

'이, 이 인간이 미쳤나……?'

아니, 리허쥔을 죽여도 좀 몰래 조용히 죽이지. 왜 이렇게 사람들 앞에서 죽인 다음 그들이 한패라고 광고를 한단 말인가!

"궁금해하는 표정이군. 왜 이렇게 요란하게 했냐고?"

"……."

"첫 번째로, 몰래 암살을 하면 의심을 받거든. 중국 정부는 멍청이가 아니야. 갑자기 리허쥔 정도 되는 사람이 방 안에서 죽어버리면 의심을 한다고. 그리고 그런 조사는 꽤나 철저하지."

수현까지 용의자 선으로 가지 않더라도 우샹카이의 자리까지는 실각할 수 있었다. 리허쥔은 어디까지나 사고로 죽어야 했다.

그런데 그게 꽤 힘들었다. 고민하던 도중 수현은 사고사를 만들기 위한 조건을 깨달았다.

바로 증인이었다. 우샹카이부터 시작해서 일련의 중국인이 모두 사고라고 주장한다면 위에서도 의심하지 않을 것이다.

"두 번째로, 그래야 네가 나한테 좀 더 충성하지 않겠나. 약점이 많아야 내가 관리하기 좋거든."

"이런 미친…… 저놈들 관리는 어떻게 할 생각인데?!"

"원래 이런 일선 초능력자들은 함부로 배신을 못 하지."

수현은 어색한 표정으로 서 있는 초능력자들에게 다가갔다. 수현이 다가가자 그들은 도망치고 싶은 표정을 지었다.

"게다가 원래 널 상관으로 모시고 있던 놈들 아닌가? 배신할 생각이라도 있나? 어떻게 생각하지?"

"없습니다!"

"우샹카이에게 절대 충성인가?"

"물론입니다!"

"그래, 다행이야."

"윽!"

그는 갑자기 심장을 움켜쥐었다. 무언가 들어온 것 같았다. 수현은 아랑곳하지 않고 다음 사람에게 넘어갔다.

자리에 있는 초능력자들을 모두 중독시키는 동안 아무도 저항하지 않았다. 그만큼 수현에 대한 두려움이 컸던 것이다.

"자, 끝."

"뭘 한 거냐?"

"전부 중독시켰지."

"!?!?!"

"해독할 생각은 하지 마라. 그거 해독하려다가 간 놈이 한둘이 아니거든. 조금이라도 독을 건드리면 바로 온몸에 독이 퍼지지. 내 치유력으로도 회복할 수 없을 정도면 인간 초능력자 중에서는 회복시킬 수 있는 사람이 없을 거야. 너희들이 그놈들보다는 더 똑똑했으면 좋겠군. 자…… 이 정도면 비밀 유지는 되겠지. 우샹카이 밑에서 충성하는 놈들인데 내가 충성을 의심하지는 않아. 그렇지만 세상일이라는 게 어떻게 돌아갈지 모르잖아?"

"……."

초능력자들은 공포에 질린 표정을 지었다. 한마디로 입을 잘못 놀렸다가는 바로 죽는다는 것 아닌가.

"우샹카이는 리허쥔보다 좋은 상관이 될 거다. 불만 있는 사람 있나?"

"없습니다!"

"아, 잊을 뻔했군."

수현은 진뤄궁을 끌어당기고 가슴팍을 후려쳤다.

"컥!"

"너도 이리 와."

우샹카이까지. 우샹카이는 뒤로 도망치려고 했지만 수현 앞에서는 무의미한 짓이었다.

전원 중독!

"모두 보기 좋군."

"……."

구그곤의 벌어진 입이 그제야 다물어졌다. 그는 수현을 보며 물었다.

"원래 인간들은 다들 이렇게 싸우나?"

"뭐, 일상적인 일이지. 그러면 슬픈 소식을 전해주기 위해서 내려갈까?"

"몇 가지 주의사항을 주지, 우샹카이. 저놈들을 최대한 잘 관리하는 게 좋을 거야. 뭐 어차피 나중 가서 한두 놈이 입을 놀려봤자 증거도 없으니 문제가 되지는 않겠지만, 괜히 귀찮은 일 생기면 곤란해지는 건 너잖아? 나야 별 상관없지만."

"……이해했다."

"채찍과 당근을 효율적으로 이용해. 내 독을 네가 발작시킬 수 있다는 것도 좋겠지."

"그런 게 가능하나?!"

"내가 너한테 그런 권한까지 줄 것 같나? 꿈이 크군. 돌아가는 대로 일 처리를 끝내라. 리허쥔에 대한 비통한 사고도 사고지만 바로 비약을 당 위로 올려."

"드워프들은 비약이 없잖아?"

"있어. 없는 척한 거지."

"!!!"

그제야 우샹카이는 상황을 깨달았다.

이 자식은 언제 드워프들까지 섭외를 끝낸 거지?!

"설마 이렇게까지 판을 깔아줬는데 중앙개척부장 자리에 오르지 못하지는 않겠지."

"나만 믿어라!"

"믿지는 않고, 못 하면 넌 그날로 교체다."

"……!"

"중앙개척부장 자리에 오르면 네 위치에는 진뤄궁을……."

우샹카이는 오만상을 찌푸렸다.

"그렇게 싫나?"

"아, 아니다. 하라면 하겠다."

"진뤄궁을 넣기에는 그놈이 많이 부족하지. 샤오메이나 시켜라. 알아서 잘하겠지."

"그다음에는……?"

"그다음에는? 권력을 즐겨라. 적당히 즐기고 적당히 뜯어 내고 적당히 탐닉해. 작전도 좋겠지. 위에 보여줄 만한 작전 말이야. 하지만 무조건 나한테 먼저 보고를 해야 한다. 우샹 카이, 이걸 명심해라."

수현은 우샹카이의 턱을 잡았다.

"네가 아는 건 모두 내가 알아야 한다. 만약 하나라도 빠 지는 순간, 난 네가 배신한 걸로 알겠다."

"물, 물론이다."

"아주 좋아. 우리는 좋은 친구로 지낼 수 있을 거다. 권력 을 즐기라고. 원하던 것이잖나?"

"하, 하하……."

"리허쥔 님이 죽었다고?!"

"사고였다."

"암석 거인이 거기서 갑자기 나타났다는 게 말이 되나?!"

"그러면 우리가 잘못이라도 했다는 거냐?"

우샹카이가 정색하자 다른 초능력자들도 정색했다. 이미 그들은 한배를 탄 몸이었다. 리우 신에게 괜한 트집이라도 잡히면 그들은 무사할 수가 없었다.

"너희들이라면 거기서 막을 수 있었다, 이거냐?"

"아니, 그런 소리가 아니라……."

"리우 신, 아직도 네가 예전의 그 리우 신인 거 같나? 어디 한번 위에 보고해 봐라. 우리들의 실책으로 리허쥔 님이 죽었다고 말이다."

"그런 게 아니라……."

번뜩이는 눈빛들. 리우 신은 상황이 위험하다는 걸 깨달았다. 여기서 더 나갔다가는 그의 잘못으로 덮어씌워질지도 몰랐다.

"흥!"

"훌륭해, 훌륭해."

수현은 그 모습을 흐뭇하게 쳐다보고 있었다. 이상적인 형태가 완성되어 가고 있었다.

우샹카이는 진뤄궁과 그의 부하들을 경계하고, 그의 부하들과 진뤄궁은 겁을 먹으면서도 우샹카이를 따르는 형태.

저렇게 서로 견제하고 겁을 내며 의심하는 상태에서는 힘을 합쳐서 저항하려는 의지가 나오지 않았다.

'우샹카이는 중국의 카메론 성을 손에 쥐고…… 나는 우샹카이를 손에 쥔다.'

리우 신 같은 놈들은 이번 원정에서 생긴 약점으로 다룰 수 있었다. 발판이 취약해진 리우 신은 조금만 흔들어도 무릎을 꿇을 수밖에 없었다.

말 그대로 카메론에서의 중국을 손아귀에 쥔 상황!

'생각보다 더 미친놈이었잖아……?'

구그곤은 과연 그가 잘한 것인지 고민이 되기 시작했다.

인간 사이의 복잡한 일에 얽힌 것도 얽힌 것이었지만, 이런 놈을 왕이라고 믿는 호우얀을 과연 내버려 둬도 되는 것일까?

"전하, 대단하신 결단력이십니다! 저는 그저 감탄할 뿐입니다. 마치 젊었을 적 모습 그대로시군요!"

"……."

구그곤은 귀를 막고 싶었다. 호우얀에게 넌지시 말하자마자 호우얀이 달려가서 수현에게 저렇게 말한 것이다.

수현은 별거 아니라는 듯이 고개를 흔들었다.

"내가 뭐 한 게 있나."

"겸손하시기까지!"

"그나저나 구그곤, 호우얀한테 무슨 의도로 말한 거지?"

"저놈도 감탄한 것이겠지요."

"그런 건가? 하하하!"

웃고 있었지만 수현의 눈은 전혀 웃고 있지 않았다. 눈빛이 번쩍이자 구그곤은 고개를 숙이고 물러섰다. 그러나 수현의 말이 구그곤의 발을 묶었다.

"그런데 구그곤, 윤회의 돌이 뭐지?"

"예?"

"리허쥔한테 윤회의 돌이라고 하지 않았나?"

"아, 그건 그냥 핑계였습니다만."

"그래? 뭔가 대단한 건 줄 알았는데."

"별거 아닙니다, 전하. 전하한테는 쓸데없는 돌덩어리일 뿐이지요."

"무슨 효과가 있는 돌이지?"

"아티팩트를 다시 만들 때 쓴다고 해야 할까요…… 전하께서 끼신 반지 같은 건 그냥 이 핵을 갈아 끼우면 되지만, 이런 칼날에 힘이 깃든 아티팩트 같은 건 녹이 슬지 않습니까?"

"그렇지."

"그럴 때 윤회의 돌로 그 힘을 온전히 다른 칼에 옮길 수 있습니다."

수현은 말을 듣고서 호우얀 대신 구그곤의 멱살을 움켜쥐었다.

"뭐가 쓸데없다고?"

"저, 저는 생각이 안 났을……."

"호우얀, 내가 저게 쓸데없을 거라고 생각했나?"

"예, 전하. 그야 저건 전하께서 저희에게 남기고 가신 물건 중 하나잖습니까. 시간을 다루는 힘이 담겨 있지요."

"……!"

호우얀의 말은 틀리지 않았다. 수현은 느낄 수 있었다. 이 돌에서 그와 같은 힘이 느껴진다는 것을.

이건 아티팩트였다.

"어떤 원리인 거지?"

"이 초능력의 정수는 불멸에 가까워 보이지만 이 또한 유한한 법입니다. 모든 것에는 끝이 있지요. 이것의 끝을 전하의 힘으로 당겨보시면 아실 겁니다."

물체의 시간을 당기는 건 이미 비약을 통해 할 수 있다는 걸 깨달은 수현이었다.

수현은 아티팩트의 시간을 한없이 앞으로 당겨 버렸다. 그러자 딱딱한 핵이 사라지고 에너지의 정수가 느껴졌다.

"……!"

"이제 그걸 다른 곳에 담으시면 됩니다. 물론 견딜 수 있을 만한 물건이어야겠죠. 강력한 금속이나, 아니면 다른 핵도 좋겠지요."

"초능력이 담겨 있지 않은 핵을 찾기가 더 힘들겠군."

수현은 별생각 없이 형체 없는 정수를 흡수했다.

"……!"

그 순간 그가 새로운 초능력을 쓸 수 있다는 게 느껴졌다.

"……?"

"안 옮기십니까?"

"내가 흡수했는데……?"

"전하께서는 마법사시니 흡수할 수도 있겠지요."

"……호우얀, 앞으로는 내가 다 알 거라는 믿음은 버리고 그냥 처음부터 다 하나씩 말해주겠나?"

"알겠습니다, 전하."

갖고 있던 아티팩트들을 빈껍데기로 만들며 수현은 호우얀의 말을 들었다.

"현재 저희 부족의 살아 있는 마법사는 없지만, 오벨릭 같은 경우는 두 개 정도를 더 얻을 수 있었습니다."

"그 이상은?"

"못 받아들이더군요. 그의 한계 아니겠습니까? 전하께서는 더 이상 받아들이지 못할 그런 한계가 느껴지십니까?"

"아니…… 그런 건 없군."

"역시 전하십니다. 전하께서는 예전에도 그러셨었죠. 엘프들과 다크 엘프들, 오크들까지 모두 전하께 아티팩트를 바쳤습니다. 탐욕적으로 능력을 흡수하셨었죠."

"아티팩트를 바쳤다고?"

"드래곤을 상대하기 위해서라면 목숨도 바쳤을 겁니다. 그 누가 드래곤에게 목숨을 걸고 맞서겠습니까? 후손까지 저주받을 수 있는데 말입니다."

"호우얀, 한 가지 궁금한 게 있는데 말이야. 시간을 당기고 늦추는 그런 능력 말이야. 원래 왕은 사람…… 그러니까 생명체에게도 쓸 수 있었나?"

"그렇습니다, 전하. 그렇지 않다면 어떻게 드래곤을 물리쳤겠습니까?"

"왕은 어떻게 그런 능력을 쓸 수 있었지?"

"전하께서도 충분히 가능합니다. 전하잖습니까."

"호우얀, 아부는 됐고. 현실적인 조언을 원해."

"진심으로 하는 말입니다. 전하께서는 이미 쓰실 수 있으십니다. 물건의 시간을 돌릴 수 있으시다면 사람에게도 마찬가지입니다."

"……!"

수현은 주먹을 움켜쥐었다. 그러나 여전히 생명체에게는 쓸 수가 없었다.

"쓰실 수가 없으십니까?"

"……그런데."

"그렇다면 답은 하나밖에 없군요."

"내가 왕이 아니라는 건가?"

"아뇨, 전하가 아니라면 누가 전하겠습니까. 전하께서 쓰지 않으시는 겁니다."

"내가 쓰지 않는다고?"

"절대로 쓰지 못할 리는 없습니다. 저는 압니다."

호우얀의 눈빛은 흔들림이 없었다. 그리고 그 말은 타당했다. 수현도 그렇게 생각했다. 아예 얻지 못한 것이면 모를까, 물건은 돌릴 수 있는데 사람에게 돌리지 못한다는 건 말이 되지 않았다.

결국…….

'심리적 문제인가?'

부정할 수가 없었다. 과거로 돌아왔을 때 수현 스스로가 마법사로 각성했다는 것을 바로 알아차리지 못한 것처럼 수현이 지금 다루는 방법을 깨닫지 못한 것이 분명했다. 그렇지 않다면 설명이 되지 않았다.

"시간을 돌리고, 시간을 앞당기고, 시간을 멈추고 그 모든 것이 전하의 권능입니다. 의심하지 마십시오. 저는 알 수 있습니다."

"호우야, 노망났느냐고 한 걸 사과하지. 내가 진짜 왕인지는 모르겠지만, 넌 진짜 신하가 분명해."

"황송할 뿐입니다, 전하."

탐욕스럽게 갖고 있던 아티팩트들의 초능력을 모두 흡수했지만 기분은 나아지지 않았다.

수현은 손가락 끝을 유심히 쳐다보았다. 그러나 아무 변화도 일어나지 않았다.

생각해 보니 그는 이미 한 번 시간을 돌렸었다. 없던 초능력이 생겨나면 모를까, 있던 초능력이 없어지는 경우는 없었다.

"밖에서 사람들이 기다립니다."

"알겠어. 곧 나가지."

수현은 자리에서 일어섰다. 동굴에서 명상하며 시간을 보내기에는 그가 벌인 일이 너무 많았다.

현실로 돌아가야 할 시간이었다.

"왜 나를 그렇게 쳐다보지?"

"저…… 리허쥔 씨가 사망한 일 있잖습니까……."

"불행한 사고였지. 왜 그러나?"

"진짜 사고였습니까?"

"그러면 그게 사고 아니면 뭐지?"

미국인들은 우물쭈물하며 수현을 쳐다보았다. 중국인들이 수현을 두려워한다면 미국인들은 수현은 어려워했다.

수현이 그들을 죽이지는 않겠지만, 회장에게 말 한마디만 하면 그들의 처지는 순식간에 꼬이게 됐다.

그렇지만 정말로 궁금했다.

리허쥔이 왜 갑자기 죽었단 말인가? 그 인원에 김수현까지 있었는데.

김수현이 의도적으로 태업을 하지 않았다면 불가능한 일이었다.

"이봐, 나도 사람이라고. 갑자기 몬스터가 나타나서 덤벼들 때는 나도 어쩔 수가 없었어. 일단 나부터 지키고, 그다음에는 드워프를 지켰지. 리허쥔은 순위 밖이었어. 다른 중국인 초능력자 호위들이 지킬 줄 알았지. 그놈들이 생각보다 쓸모가 없었지만."

"……."

말이야 맞는 말이었다. 그러나 왠지 마음속으로는 납득이 되지 않는 상황.

그만큼 수현에 대한 평가가 컸던 것이다. 수현이 있는 자리에서 리허쥔이 죽었다는 게 잘 받아들여지지 않을 정도로.

'의도적으로 태업한 거 아니야?'

'그럴지도…….'

물론 그렇다고 해서 그들이 수현에게 뭘 따질 생각은 전혀 없었다. 단순한 호기심이었을 뿐.

나름 현장에 있었고 의심 많은 그들도 설마 수현이 대놓고 리허쥔을 때려죽인 다음 전원을 제압하고 시치미를 떼고 있다고는 상상치도 못하고 있었다.

'이 정도면 무난하군.'

현장에 있던 이들이 이 정도라면 위에서 보고를 받는 사람들은 더 쉽게 넘어갈 것이다. 게다가 우샹카이는 스스로 살아남기 위해서 최대한 그럴듯하게 말해줄 테니…….

'시간, 시간이라…….'

수현은 돌아오는 차 안에서 눈을 감고 있었던 일들을 떠올렸다.

돌아오기 전에, 그는 호우얀과 대화를 조금 더 나누었다.

"이게 뭔지 아나?"

"잘 모르겠습니다, 전하. 하지만 강력한 힘이 느껴지는 게...... 결코 평범한 물건은 아니군요."

"공간을 연결해 주는 비석이다. 순간이동과는 비교도 되지 않는 거리를 이동할 수 있지. 이런 걸 본 적이 있나?"

"처음 봅니다, 전하. 제가 살아 있을 때도 이런 건 본 적이 없습니다."

"왕도 이런 걸 쓴 적이 없었다고?"

"예, 저희 중에서는 이런 식으로 생각을 한 사람이 아무도 없었습니다."

수현은 살짝 당황했다. 호우얀이 알 줄 알았던 것이다. 그러나 그는 정말로 신기해하고 있었다.

"아무래도 저희 시대 뒤에 나온 물건 아닐까 싶습니다만. 이런 걸 만들 수 있는 마법사나 초능력자가 있었다면 저희가 알았을 겁니다. 그때는 모두 미쳐 날뛰는 드래곤을 상대하기 위해 필사적이었으니까요. 숨으려고 해도 숨기 힘든 시절이었죠."

"......어쨌든 이건 자네의 처소 옆에 두고 싶은데. 잘 지켜줄 수 있겠나?"

"제 남은 시간을 걸고 지키겠습니다."

호우얀은 수현이 알고 있는 인물들, 그러니까 전설까지 포함해서 가장 오래전의 인물이었다.

카메론은 넓고 인류가 도착하기 전의 시간은 길었으니 그 이후로 새로운 인물들이 나왔어도 놀랍지 않았다.

수현은 혹시 몰라 마도서를 그에게 남겼던 엘프인 러벤펠트나 드워프 리치인 레크놀드에 대해서도 물어봤지만, 호우얀은 둘 다 처음 듣는 이름이라고 말했다.

'호우얀 이후에 나타난 놈들인 건가. 생각보다 알아낸 게 별로 없는데…….'

호우얀에게 많은 기대를 했기에 살짝 실망스러웠다.

물론 얻은 게 없지는 않았다. 이제 더 이상 아티팩트나 능력 개발에 목을 매지 않아도 됐다. 그가 말해주지 않았다면 수현은 깨닫지 못했을 것이다.

'나와라, 마도서.'

수현의 심장 안에 잠들어 있던 러벤펠트의 마도서가 밖으로 끌려 나왔다. 푸석푸석하게 낡은 겉모습은 차가운 공기가 닿자 바스러지기 시작했다.

'이제는 확실히 필요 없다.'

몇몇 초능력을 배웠을 때만 해도 마도서를 매우 필요로 했었다. 그러나 그 단계가 지나자 마도서는 별로 의미가 없어졌다.

그리고 지금…… 수현은 스스로가 초능력을 다룰 수 있다는 자신감이 들었다.

호우얀의 말대로 초능력의 정수를 다루면서 끝까지 이해하게 된 것이다. 그도 시간만 준다면 이런 물건을 만들 수 있을 것 같았다.

'러벤펠트도 시간을 다룰 수 있었나?'

그런 사람이 팔다리가 잘린 채로 동굴에 있지는 않았을 것 같았다. 시간을 다룰 수 없다면 그는 더 대단했다. 다른 방법으로 초능력에 대해 이해한 것이니까.

'잠깐…… 그런데 러벤펠트는 어떻게 그렇게 당한 거지? 러벤펠트 정도의 마법사라면 저렇게 당하기가 힘들 텐데.'

진즉에 와 봤어야 했다. 그때는 너무 정신이 없고 당황했던 때라 찾지 못했지만…….

수현은 마도서를 발견한 동굴로 와 있었다.

"어디 가십니까?!"

"회장한테 이거 갖다 주고 나 잠깐 뭐 좀 찾아온다고 전해라."

"아니, 그러실 거라면 대원들이라도 데리고……."

"별로 안 걸린다고 전해."

이건 누구한테 보여줄 게 아니었다.

그러나 수현이 갑자기 귀환하자마자 다른 길로 새려고 하자 직원들은 당황해서 그의 발목이라도 붙잡으려고 했다.

수현은 그들을 모두 냉정하게 떨쳐 내고 여기로 왔다.

'느껴진다.'

그때 수현을 동굴 안의 다른 공간으로 인도해 줬던 푸른색 불빛은 보이지 않았다. 그러나 수현은 느낄 수 있었다. 이 동굴의 암반으로 가려져 있지만, 그가 갔던 공간이 저 멀리 있다는 것을.

순간이동.

수현은 순간이동으로 거리를 옮겼다.

'지금 생각해 보니, 그때 봤던 푸른빛은…… 공간 이동 비석과 같은 원리였던 것 같아.'

익숙한 공간이었다. 수현이 마도서를 얻은 공간.

그리고 그 시체는…… 사라져 있었다.

"?!"

수현은 오랜만에 놀랐다. 그는 눈을 깜박이며 둘러보았다. 그러나 그가 직접 의자에 앉혀준 백골은 보이지 않았다.

"이게…… 대체…… 어떻게?"

안은 텅텅 비어 있었다. 순간 잘못 찾았나 싶었지만, 아니었다. 수현은 이런 실수를 하지 않았다. 이곳은 분명 그가 왔던 곳이었다.

"……."

그사이 백골이 삭아서 없어졌을 리가 없었다. 무언가 처음부터 백골이 사라지게 장치가 되어 있었거나…….

'그런데 그게 말이 되나?'

습격을 당해 죽기 직전의 사람이 그런 장치를 했다고?

무언가 말이 되지 않았다. 수현은 밖의 카메론의 해가 지도록, 오랫동안 생각에 잠겨 그 안에서 우두커니 서 있었다.

"그래, 고생 정말 많았네! 이번 전설은 사실이었군!"

"확인은 다 하셨습니까."

"물론이지. 그런데 자네는 어디를 갔다 온 건가?"

"잠깐 확인할 게 있어서……."

수현이 말을 돌리자 회장은 의아해했지만, 더 이상 묻지는 않았다. 수현이 무언가를 비밀로 하기로 마음먹었다면 그가 캐물어서 알아낼 가능성이 없었기 때문이었다.

게다가 그는 지금 매우 기분이 좋았다.

원했던 것을 바로 손에 넣은 쾌감.

카메론에서는 무언가에 대한 정보를 얻고 그것에 대한 계획을 세운다고 해서 꼭 그것을 얻을 수 있다는 보장은 없었다.

실제로 회장도 그가 투자한 것 중 제대로 얻은 건 10%도 되지 않았다. 그런데도 그가 계속 투자하는 이유는, 그 10%가 실패한 것들에 대한 보상이 충분히 되기 때문이었다.

이렇게 공격적으로 계속 투자할 수 있는 게 그의 능력이었고, 그가 이렇게 군림할 수 있는 이유였다.

"정말 확인은 다 해보신 거 맞죠? 잘못 돌아가도 제 책임은 아닙니다."

"꼭 사람이 그걸 복용하기 전에 그런 소리를 해야 하나? 확인은 물론이고 정밀 검사까지 몇 번을 했네. 그리고 다 끝났고. 자, 그러면……."

꿀꺽!

회장의 목울대가 움직이는 소리가 들렸다. 약을 마신 회장은 눈을 깜박이며 수현을 쳐다보았다.

"어떠십니까?"

"별 느낌 없……."

말을 하던 회장이 가슴을 쳤다.

"?!"

"가, 가슴이…… 심장이…….."

"회장님?! 이봐, 괜찮은 거 맞나?"

옆에 있던 의사가 당황해서 고개를 끄덕였다. 그는 회장의 주치의로, 치유 초능력을 각성한 의사라는 전문직 피라미드 꼭대기에 있는 사람이었다.

"상, 상태는 괜찮습니다! 심장 박동도 정상이시고……."

"지금 땅 구르려는 거 안 보이나?"

"나는…… 괜찮아."

회장은 헐떡이며 엎드린 상태에서 일어섰다. 그의 안색은 창백해져 있었다.

"뜨거운 불덩어리를 마신 기분이군…… 심장에 말이야. 마치 독한 술처럼……."

"회장님, 지금 제정신이신 거 맞죠? 제 이름 말해보세요."

"잠, 잠깐. 김수현 씨. 회장님께 그러시면……."

지금 안정을 취해도 모자랄 때인데 수현이 회장의 뺨을 툭툭 치자 남자가 당황해서 말리려 들었다.

"효과가 없는 겁니까?"

"아니…… 있어. 젊어진 기분이군."

"회장님 얼굴은 그대론데?"

"그럼 내가 무슨 십 대 청소년이라도 될 줄 알았나? 그 무례한 시선은 뭔가?"

"저는 뭔가 좀 극적인 효과를 기대했습니다만. 막 시간을 되감는 것처럼……."

"영화를 너무 많이 봤군. 나는 기대했던 효과를 봤네. 내 겉모습이 별 차이가 없는 건……."

"아, 회장님이야 이미 기존에 너무 수술도 많이 받고 그래서 그런가?"

"……그래, 맞는 말이기는 한데……."

옆에서 의사가 조마조마하게 회장을 쳐다보고 있었다.

저러다가 멱살 잡고 덤비는 건 아니겠지?

"어쨌든 회장님, 원하신 효과를 봤다니 축하드립니다. 아마 지금쯤 중국인들 사이에서도 비슷한 대화가 오가고 있겠군요. 주석님, 젊어지신 걸 축하합니다! 이런 식으로?"

회장은 바로 복수에 들어갔다. 그는 놀림을 받고 참는 사람이 아니었다.

"그래, 다 자네 덕분이야. 정말 고맙네. 그리고 지금 일을 끝내고 돌아온 자네에게 이런 말을 하기는 조금 미안하지만…… 에멜늄을 더 녹여야 할 것 같군."

"예? 뭔 소립니까. 제가 만든 비축분이 얼마인데. 그걸 그

사이에 다 썼을 리가 없잖습니까?"

"저런, 몰랐나? 자네가 없는 사이 지구에서 인공 아티팩트로 태평양에 잠든 몬스터들을 사냥했네. 그때 그림자고래처럼 대양 밑에서 숨어 있는 몬스터들이 더 있을 거라고 했지 않나? 실제로 그렇더군. 기업들이 돈을 모아서 대가를 지불했으니 자네 계좌를 보게나."

"아니, 회장님이 돈 부족하신 사람도 아닌데 왜 그런 일에 뛰어들어요?"

"워낙 간절히 부탁해서 말이야. 자네 아티팩트가 아닌 내 아티팩트를 썼잖은가? 연료도 자네가 허락한 양만큼만 썼네."

수현은 회장이 띄운 보고서 창을 확인해 보았다. 확실히 회장은 말한 그대로였다. 딱 에멜늄도 그가 허가한 양만큼만 썼다.

물론 그가 다시 녹여서 비축분을 만들어야 한다는 게 문제였지.

"……에멜늄 사용할 때 방어용이 아닌 이런 원정용은 사용 시 저한테 먼저 이야기하는 걸로 계약을 바꾸죠."

"뭐, 그러도록 하게나. 비축분은 잘 만들어주게."

어차피 두 번 쓸 생각은 없었다. 수현 상대로 한 번 골려준 것으로 만족했다. 회장은 얄밉게 손을 흔들었다.

카메론에서도 위험한 곳과 안전한 곳은 있었다. 캘커타 정글 지대는 아직도 비교적 위험한 곳에 속했다. 만들어진 길 외에서는 언제 몬스터가 나올지 몰랐다.

그에 비해 아메스 평야는 비교적 안전한 곳에 속했다. 위험한 몬스터도 적었고, 도움을 구한 군이나 용병들, 정 안 되면 이종족도 있었다.

에우터프 지역은 회색이었다. 처음에는 암석 거인이 군대를 전멸시키는 사고가 있었을 정도로 위험했었지만, 지속적인 탐사 이후 그 평가는 많이 바뀌었다.

자원은 많은 데다가 몇몇 위험한 몬스터만 사전에 조심한다면 그렇게 위험한 곳이 아닌 것이다.

언제나 사방을 경계해야 하는 캘커타 정글 지대와는 차원이 달랐다.

넓게 펼쳐진 평야를 보며 고르간은 하품을 했다. 그가 지나갈 때면 인간 도시의 오크들은 존경스럽게 쳐다보았다.

72장
후계자(1)

그 '김수현'의 동료. 그것도 처음 때부터 그와 같이 움직이며 전설을 쌓아 올린 오크 아닌가.

엘프는 그 특유의 외모로 인간 사회에 나와도 환영을 받았다. 방송이든 뭐든 진출할 수 있었고, 그들이 가진 특유의 비법과 지혜는 모든 회사가 환영했다. 그럼에도 불구하고 소수만이 진출했지만.

다크 엘프는 거의 인간 사회에 나오지 않으니 논외고, 드워프까지만 해도 꽤 인기가 있었다. 완고한 성격은 둘째 치더라도 그들의 공예품이나 예술품은 모든 수집가가 좋아했던 것이다.

그에 비해 오크는…… 몇몇 특별한 오크가 운동선수나 개

그맨 같은 걸 하는 경우가 있기는 했지만 대부분 용병 일에 뛰어들었다.

그것이 그들의 성격에도 맞았다. 강한 신체 능력과 카메론에 대한 경험이 그들의 무기였다.

그렇게 용병에 뛰어든 오크 중에서도 고르간은 특별했다.

전설은 지나간 자리에도 흔적이 남는 법. 이제 고르간은 에우터프에서 엉클 조 컴퍼니의 지역을 오크 부족들과 같이 관리하고 있었지만, 그래도 가끔 만나는 오크들은 존경의 뜻을 표했다.

"고르간 님."

"아, 쿤인가."

쿤은 케바스왘의 오크 부족 중 새로 온 젊은 전사였다. 그는 반짝거리는 눈빛으로 고르간을 쳐다보았다.

"저번에 해주셨던 이야기의 뒤가 궁금합니다."

"또? 넌 질리지도 않나?"

"전혀 질리지 않습니다!"

"다른 오크들이야 그렇다 쳐도 케바스왘 출신이면 김수현 팀장님한테 그렇게 절절맬 이유도 없지 않나?"

쿤은 고르간만 보면 김수현에 관한 이야기를 해달라고 졸랐다. 고르간은 그게 잘 이해되지 않았다. 다른 오크들이야 진상을 모르니 수현을 우상처럼 여기더라도, 케바스왘 오크들은 수현과 직접 부딪힌 이들 아닌가.

'게다가 몇 대 얻어맞기도 했고.'

"오지 구석에 박혀 있던 저희 부족에게 새로운 길을 주신 분 아니십니까! 어떻게 감사하지 않을 수 있겠습니까!"

"아, 그러냐?"

고르간은 쿤의 기세에 밀려 한 걸음 뒤로 물러섰다. 요즘 뭔가 이상하다 했더니 이제 슬슬 확신해도 될 것 같았다. 케바스 왁의 젊은 오크들 사이에서 이상한 분위기가 돌고 있다는 것을.

원래 수현에게 직접 얻어맞고 부하가 된 다음 신세를 진 오크들은 수현에게 고마워할지언정 그를 신격화하지는 않았지만, 그 이후에 부족의 소식을 듣고 모여든 주변 젊은 오크들은 수현을 좀 신격화하고 있었다.

사실 좀이라고 하면 완곡한 수준이었고…….

"김수현! 김수현!"

거의 광신도 집단 수준!

'저거 말려야 하는 거 아닌가?'

이들의 관리를 맡은 고르간은 위에 보고를 했지만 사장은 괜찮다고 넘겼다. 딱히 문제가 생긴 적은 없었지만 이들의 기세는 좀 소름 끼쳤다.

"고르간 님!"

"뭐냐?"

"문제가 생겼습니다!"

"설마 저번처럼 쓸데없는 걸로 나를 부르는 거라면……."

이곳의 오크들은 좋게 말하자면 의욕이 넘쳤고, 나쁘게 말하자면 호들갑스러웠다. 어떻게든 공을 세워서 고르간의 눈에 들고 싶어 하는 것이다. 덕분에 저번에는 식수 제조기 나사가 몇 개 빠졌다고 비상을 거는 걸 막아야 했다.

"이번에는 진짜입니다!"

"무슨 문제인데?"

"저 지평선을 보십시오!"

"……?"

고르간은 쌍안경을 들어 버튼 몇 개를 누른 후 먼 곳을 쳐다보았다.

저쪽 지평선에 있는 기지는 분명 다른 용병 회사와 그들과 계약한 기업이 합심해서 만든 기지였다.

그리고 지금 그 기지가 폭발하고 있었다.

"?!"

어떻게 된 건지 확인하기도 전에 고르간은 매뉴얼대로 움직였다.

"비상! 전원 전투준비!"

저 원인이 사고든 몬스터든 무엇이든 간에 미리 준비해야 했다.

고르간은 김수현과 같이 다니면서 몇 가지 교훈을 배웠다. 그중 하나는 준비할 수 있을 때 미리 준비하라는 것이었다.

"대참사입니다, 팀장님."

"나도 지금 뉴스에서 보고 있어. 최근 에우터프에서 이런 일이 있었었나?"

"아니요. 그래서 사람들이 더 충격적으로 받아들이고 있는 것 같습니다."

"이 와중에 고르간은 기지 사람들을 구출해 냈군. 다른 기지 용병들은 구경만 했다는데. 이런 걸 보면 오크가 인간보다 낫지 않나?"

"뉴스에서도 미담 비슷하게 나오고 있는 것 같습니다. 고르간이야 쑥스러워하지만……."

김창식이 고개를 저었다. 지금 카메론의 뉴스는 전부 다 에우터프에서 일어난 사고에 대해 이야기하고 있었다.

아나운서의 심각한 목소리를 듣던 김창식은 뉴스를 껐다.

"좀 냄새가 나지?"

"글쎄요?"

"저게 냄새가 안 나?"

수현은 어이없어했다. 에우터프에서 일어난 사고는 따지고 보면 언제든지 일어날 수 있는 사고였다.

우연히 거대한 무리를 이룬 몬스터들이 우연히 사람들의 감시망을 돌파했고, 우연히 경비가 소홀했던 기지를 습격했으며 그 결과 대참사가 일어났다.

물론 불가능한 건 아니었지만, 수현은 아무래도 조금 미심쩍었다. 에우터프는 원래 저런 사고가 잘 터지지 않는 곳이었던 것이다.

게다가 이번 사고의 피해자는…….

"진돗개는 어떻게 대응할지 궁금하군."

"1팀이 아예 박살 났는데…… 완전히 수습하기는 힘들겠죠? 그래도 진돗개 정도면 대형 용병 회사니까 하위 팀 인원들을 올려서 수습하지 않을까요?"

"거참, 기분 묘하군. 용병이라는 게…… 정말 별 이유로 다칠 수 있단 말이지."

진돗개는 나름 수현과 인연이 깊은 용병 회사였다. 같이 일을 한 적도 있었고, 거기의 2팀 팀장인 최재호는 수현의 좋은 호구였다.

수현을 얕보고 호구를 잡으려다 역으로 호구를 잡힌 인물.

이번에 사고가 난 기지는 진돗개와 그들과 계약을 맺은 기업의 기지였다. 기지에는 진돗개 1팀이 있었지만 갑작스러운 사고에 그들은 제대로 대응하지 못했다.

사상자가 없는 게 기적이었다. 고르간과 그의 부하들이 재빨리 달려가지 않았다면, 그리고 급속 치료제를 물 쓰듯이 쓰지 않았다면 저들 중 절반은 죽었을 것이다.

"그래도 목숨은 건졌잖습니까?"

"그래. 고르간이 급속 치료제를 아주 물 쓰듯이 뿌렸다고 하더라. 지 돈으로 산 거 아니라고 아주……."

"……."

"농담이야. 그걸 아까워할 거 같나? 그럴 때 쓰라고 준 건 아니지만, 결과가 좋으니 뭐라고 할 생각은 없어."

수현이야 돈이 넘쳐 나니 장비나 물자는 돈 지랄에 가깝게 해주는 편이었다.

원래 처음 용병을 시작한 사람들은 장비도 다 자기 돈으로 맞춰야 하지만 수현은 오크 부족들에게 장비를 맞춰줬다. 그냥 그가 말만 하면 맞춰지는 거니까.

급속 치료제도 아예 통으로 기지 내에 쟁여줬다. 만약의 상황에 쓰라고. 물론 기지 내의 용병들한테 쓰라는 것이었지, 타인에게 구조 활동으로 쓰라는 뜻은 아니었다.

어쨌든 결과는 좋았다. 이타적인 행동으로 카메론에서 칭송을 받고 있었으니까.

어차피 수현이 돈에 쪼들리는 것도 아니고, 급속 치료제를 제작하는 의료 회사를 통째로 살 수도 있었다.

문제는 진돗개 1팀이었다. 캘커타 고릴라도, 케바스왂에서의 실종도, 드래곤 슬레이어 프로젝트도 무사히 피해낸 그들이 이런 사고로 박살이 났다는 게 믿기지 않았다.

오크들 덕분에 목숨은 건졌다지만 워낙 부상이 심한 데다가 치료가 늦어서 대부분이 은퇴를 할 것 같았다.

"이소희 대원은?"

"병문안 갔습니다."

"같이 갈 거 그랬나?"

"이정우랑 친하셨습니까?"

"친하지는 않지만 혼자 보내기도 뭐하잖아."

진돗개 1팀 팀장, 이정우는 이소희의 오빠였다. 그녀가 워낙 티를 내지 않아서 놓치기 쉬웠지만…… 수현은 그녀를 걱정했다. 죽지는 않았어도 가까운 혈육이 크게 다친 건 쉽게 넘기기 힘든 일이었다.

"부디 회복할 수 있는 부상이면 좋겠는데……."

"은퇴라고?"

"네, 아마 그럴 것 같습니다."

"진돗개 정도면 최신 수술이 가능할 텐데, 그거로도 무리인가?"

첨단 의학과 치유 계열 초능력이 합쳐진다면 정말 많은 것들이 가능했다.

그렇지만 언제나 그런 것으로도 불가능한 영역은 있는 법이었다. 이소희는 고개를 저었다.

"너무 늦었다고 하더군요. 천천히 걸어 다니는 것 정도는 가능할 테지만 그 이상은 무리고, 초능력 사용에도 많이 제한이 걸린다고 합니다. 사실상 용병으로 계속 활동하기에는 무리일 테니…… 어쩔 수 없을 것 같습니다."

"안타깝군. 내가 도와줄 게 있나?"

"아닙니다. 걱정해 주셔서 감사합니다."

수현은 더 참견을 해야 하나 싶었지만 이소희가 워낙 칼같이 자르고 물러났기에 참았다. 게다가 그녀는 김창식 같은 사람과 달리 자기 일을 알아서 잘하는 사람이었던 것이다.

그러나 그날 저녁에 수현에게 연락이 왔다. 모르는 번호로 온 연락. 남자는 자기가 이정우라고 말했다.

"오랜만에 뵙습니다."

이정우는 새삼스러운 시선으로 수현을 쳐다보았다. 처음 봤을 때만 해도 수현이 이렇게 거물이 되리라고는 상상치도 못했다. 그때 최재호가 처음에 썼던 보고서를 보고 특이한 신인이 있다고 생각했을 뿐.

이정우는 속마음을 감추고 공손하게, 그리고 약간의 존경을 담아 손을 내밀었다. 수현은 그 손을 잡고 악수했다.

'몸 상태가 상당히 안 좋군.'

상대의 초능력 파장을 볼 수 있었기에 이정우의 초능력도 볼 수 있었다. 안정된 파장이 아닌 불안정하고 흔들리는 파장이었다.

초능력을 제대로 쓰기 위해서는 그걸 받쳐 주는 육체도 필요했다. 육체가 손상되면 초능력도 제대로 쓰기 힘들었다.

'치료는 다 한 것 같은데…… 역시 너무 늦었나.'

이정우는 살짝 절룩거리면서 의자에 앉았다. 그는 멋쩍게 웃었다.

"이런, 제가 그렇게 상태가 안 좋아 보입니까?"

"솔직히 말해서 좋아 보이지는 않습니다."

"……어쩔 수 없는 일이죠. 사실 그때는 죽는다고 생각했습니다. '죽는다'는 생각을 처음 해본 건 아니었지만 그때는 정말로 그렇게 생각을 했어요. 팀장님에게는 다시 한번 감사드릴 뿐입니다."

"감사는 제가 아니라 고르간에게 하시죠. 고르간이 멋대로 움직인 거니."

"그 고르간이 멋대로 움직이게 허락해 주신 건 팀장님이잖습니까?"

'아닌데……'

수현은 속으로 말을 삼켰다. 다음부터는 오크들에게 규칙을 조금 더 빡빡하게 설명해야겠다고 생각하며.

오크들은 규칙을 설명해도 뭔가 자의적으로 해석할 때가 많았다. '같은 용병들끼리는 시비가 걸려도 먼저 공격하지 마라'를 '최대한 먼저 공격하도록 유도해라'로 알아듣는다든가…….

"몸은 아직 많이 불편하지만 그래도 마음은 편합니다. 그냥 하는 말이 아니라 진심입니다. 누워 있는 동안 많은 생각을 하고 마음 정리를 했거든요. 처음에는 화도 나고 억울하기도 했지만 사지 멀쩡하게 목숨을 건진 걸 다행으로 여기려고 합니다."

사람이 죽을 뻔한 위험을 겪으면 달라진다는 말이 있었다. 이정우는 사람이 달라져 있었다.

평소에 그 차갑고 오만하던 모습은 보이지 않았다.

"은퇴하시는 겁니까?"

"아, 네. 1팀 통째로 해산과 함께 은퇴할 생각입니다."

"회사에서 다른 직책이라도 맡으시는지?"

"아니요. 지구로 가서 좀 쉴 생각입니다."

이정우 정도의 위치라면 은퇴한다고 하더라도 회사 내에서 나름 그럴듯한 위치를 잡을 수 있었다. 그러지 않는다는 건…….

'밀려난 건가, 아니면 그냥 스스로 나온 건가?'

"사실 그것 때문에 찾아왔습니다, 팀장님."

"……?"

"부탁드릴 게 있어서 말입니다."

"말해보시죠. 들어드린다는 보장은 없습니다만."

이정우는 피식 웃었다. 수현의 성격은 여전했다.

"이번에 저와 함께 1팀이 통째로 은퇴한다고 했잖습니까. 부상 때문에요. 그것 때문에 회사 내에서 여러모로 말이 있었습니다. 아시다시피 카메론에서 용병 회사의 1팀은 간판이나 마찬가지잖습니까?"

좋은 용병 회사는 하위 팀의 전력도 탄탄한 팀이었지만, 결국 사람들 대부분은 가장 상위 팀인 1팀의 이름과 얼굴로 그 회사를 평가했다.

엉클 조 컴퍼니가 왜 가장 유명하겠는가. 소수 정예로 움직이지만 1팀에 수현이 있으니 그런 것이었다.

"그렇죠."

"간판이 사라지게 됐으니 초조한 것도 이해는 합니다. 지금 위에서는 최대한 빨리 상황을 수습하고 싶어 합니다. 1팀을 재건하는 것도 그중 하나겠죠. 계속 내버려 둔다면 진돗개가 사고를 감당하지 못한다고 광고하는 것이나 다름없으니 말입니다."

수현은 고개를 끄덕였다. 이런 사고로 오래 휘청거리는 모습을 보여주는 건 좋을 게 없었다.

기업들은 언제나 튼튼한 용병 회사를 선호했다.

"그래서요? 진돗개 정도면 1팀 새로 만드는 것 정도는 힘들지 않을 텐데요. 물론 기존 1팀보다는 조금 떨어지겠지만, 그 정도야 뭐……."

"네, 그건 그렇습니다. 1팀의 팀원들이야 모으는 게 어렵지는 않을 겁니다. 2팀, 3팀의 초능력자들도 괜찮은 실력자이니 말입니다."

1팀이라는 이름 때문에 착각하기 쉬웠지만 1팀과 그 밑 팀에 소속된 초능력자들의 격차는 그렇게 크지 않았다. 애초에 격차가 그 정도로 컸다면 구성을 다르게 했을 것이다.

"그렇지만 팀장은 다릅니다. 1팀 팀장 정도 되면 실력도 실력이지만 좀 더 특별한 무언가가 필요합니다."

"그렇죠. 근데 이걸 왜 나한테 말하는 겁니까?"

이정우는 잠시 망설이다가 수현의 눈치를 보더니 천천히

말했다.

"저는 이번에 새 팀장으로 소희를 추천하고 싶습니다."

"……."

예상했던 것과 달리 수현은 바로 반응하지 않았다. 그는 표정 변화 없이 생각에 잠겨 있을 뿐이었다.

"저, 김수현 팀장님. 이건 그냥 제 생각이니 너무 과하게 생각하지 않으셔도…… 무례하다면 사과드리겠습니다. 다른 팀의 인재를 빼 가려는 목적은 절대로 아니었습니다."

"아니, 진지하게 고민하고 있었습니다. 그리고 그런 식으로 생각하지 않고 있으니 안심해도 됩니다."

수현의 말에 이정우는 안도의 한숨을 내쉬었다. 그의 동생인 이소희를 데리고 가는 것도 가는 것이었지만, 그러려다가 김수현과 문제가 생긴다면 본말전도였다.

김수현과 문제가 생기는 건 단순한 개인 간의 문제가 아니었다. 정도에 따라 회사 자체가 휘청거릴 수 있는 문제였다.

"일단, 저는 별로 반대할 생각이 없습니다."

"정말이십니까?!"

"소의 꼬리보다는 닭의 머리가 낫지 않겠습니까. 뭐든 간에 이소희 대원한테는 좋겠죠."

아무렇지도 않게 엉클 조 컴퍼니를 소로, 진돗개를 닭으로 비교했지만 이정우는 별로 반박할 생각도 들지 않았다. 사실

현재 위상으로만 따져 본다면 용과 닭으로 비교해도 모자란 수준이었으니까.

"그런데 그게 됩니까? 그렇게 덜컥 외부인을 데려가서 1팀 팀장으로 앉히는 일이? 진돗개에 있는 사람들도 머리가 있을 텐데."

세상일이라는 건 언제나 혼자서 마음먹은 대로 움직일 수는 없는 법이었다. 게다가 진돗개 정도 되는 큰 회사의 경우라면 더더욱.

만약 밖에서 외부인을 데려다가 1팀 팀장으로 앉힌다면, 거기서 일하고 있던 용병들은 불만을 가질 수 있었다. 다들 욕심이 있는 것이다. 수현 정도 되는 거물이 아니라면 마찰 없이 넘어갈 수 없었다.

"물론 아무 문제 없이 부드럽게 넘어갈 수는 없을 겁니다. 그건 저도 인정합니다. 하지만 불가능하지는 않습니다."

"그래요?"

"일단 소희도 이제 초능력자잖습니까? 게다가 팀장님의 팀에서 일하고 있고, 제 가족이기도 합니다."

이정우는 손가락을 접어가며 하나씩 이유를 들었다.

"이 정도면 이사진도 불만을 가지지 않을 겁니다. 오히려 그들은 더 좋아할 가능성이 높죠. 기존 진돗개 안의 초능력자들은 다 거기서 거기니까. 누가 1팀 팀장이 되더라도 이미지가 개선되지는 않을 겁니다. 그냥 사고가 난 걸 수습한 정도로 끝나겠죠. 그렇지만 소희가 들어온다면 다를 겁니다."

"뭐…… 그거 갖고 언플을 하는 건 제 알 바 아니긴 한데…… 꼭 그래야 하는 이유가 있습니까? 다른 사람들이 믿음직스럽지가 않나?"

"그런 이유도 있긴 합니다. 다 괜찮기는 하지만 믿음직스러우냐로 따지면 완전히 믿음직스럽지는 않거든요. 그리고 저는 제가 일궈놓은 이 회사의 이름을 가능하면 제 가족이 이어받았으면 합니다. 피 한 방울 안 섞인 타인 말고 말입니다."

"그렇게 친한 사이였나?"

"……그렇게 친하지는 않았습니다만. 그건 인정합니다. 하지만 가족은 가족이잖습니까."

"잠깐. 현 진돗개 사장이 누구였었죠? 어디서 들었던 것 같은데."

"전 사장이 저희 아버지셨습니다. 지금은 아니고요."

"아, 그래서……."

수현은 고개를 끄덕였다. 안에서 반발이야 하겠지만 그건 이정우가 신경 쓸 문제고, 중요한 건 이소희의 의사였다.

"그런데 이소희 대원한테는 물어봤습니까?"

"아직 못 물어봤습니다……."

"가족은 가족이라면서? 사이좋은 거 맞아요?"

"저, 혹시 그걸 물어봐 주시면……."

수현은 어이가 없다는 듯이 이정우를 쳐다보았다.

"지금 좀 친절하게 대해줬다고 뭔가 착각하고 있는 건 아니죠? 내가 왜 그래야 합니까?"

"그, 그렇군요. 죄송합니다."

수현은 혀를 차며 이정우를 쳐다보았다. 딱 봐도 계속 대화 안 하다가 이제 와서 대화하려니 어색한 게 눈에 보였다.

"뭐 싸우기라도 한 적 있습니까?"

"아뇨…… 그런 건 없고. 아버지께서 좀 고지식한 분이셨습니다. 소희가 현장에서 뛰는 걸 허락하지 않으셨거든요. 그래서 소희는 군에 입대해 버렸고…… 그다음부터는 자연스럽게 좀 소원해졌습니다. 아버지 눈치를 좀 봤죠."

이정우가 어깨를 으쓱거렸다. 수현은 그걸 보고 중얼거렸다.

"반항하느라 군에 입대하다니. 인생 최악의 선택 아닌가?"

"예?"

"아니, 아무것도 아닙니다. 어쨌든 말은 직접 하시죠. 제가 불러서 할 생각은 없으니까."

"예……."

이정우는 아쉬운 표정이었다. 아무래도 정말로 수현에게

부탁하고 싶었던 모양이었다.

'얼마나 대화를 안 했으면…….'

"그나저나 오신 김에 뭐 좀 물어봅시다. 기지에서 무슨 일이 있었습니까? 그거 사고 맞습니까?"

"아, 역시 의심스러우신 모양이군요."

"당연히 의심스럽죠. 에우터프에서 그런 사고가 흔하지는 않잖습니까."

"흔하지는 않지만 주기적으로는 일어나잖습니까. 그게 저희한테 일어났다는 게 불운하지만…… 일단 사고라고 생각합니다, 저는."

"일단?"

수현은 이정우의 말을 놓치지 않았다. 무언가 미심쩍다는 게 있다는 것 아닌가.

"뭔가 이상한 점이 있었습니까?"

"있었기는 한데…… 그게 그렇게 큰 문제는 아니었습니다. 애초에 이번 사고가 수상했다면 저희 쪽에서 조사에 들어갔을 겁니다. 이번 사고 때문에 가장 피를 많이 본 게 저희인데 말입니다."

수현은 고개를 저었다. 이정우는 아직 순진한 구석이 있었다. 그가 1팀으로 일하고 있었기에 회사는 무조건 그의 편이라고 생각하고 있는 것이다.

하지만 세상은 그것보다 더 복잡하고 변수가 많았다. 그의 편이라고 생각했던 게 언제든지 변해서 그의 뒤통수를 칠지 모르는 게 세상이었다. 회사 내부에서 협력이 있었다면 저런 의심 정도는 손쉽게 속일 수 있었다.

"뭐가 있었는지 말이나 해보시죠."

"음…… 몬스터가 평소보다 좀 강했던 것 같습니다. 에우터프 사자의 약점이 턱이란 거 알고 계시죠? 놈은 거기를 공격받으면 순간적으로 움직임이 멈추는데, 이번에 몰려든 놈들은 공격을 받아도 아랑곳하지 않고 덤비더군요. 그거 말고도 전체적으로 더 튼튼했다고 해야 하나…… 덕분에 피를 좀 봤습니다. 너무 오만했죠."

에우터프에서 보낸 시간과 경험이 독이 된 셈이었다. 몬스터를 상대할 때 이 정도면 충분하겠지 하고 대응했지만 몬스터는 생각보다 더 강력했던 것이다.

"기지라면 기지의 경보 시스템이 있었을 텐데, 그게 작동하지 않았다는 게 사실입니까?"

"예, 나중에 확인해 봤는데…… 재수가 없었죠. 하필 그때 오작동을 일으키다니."

"……"

수현은 이정우를 한심하게 쳐다보았다. 이 정도 되면 의심할 때도 됐는데, 워낙 회사를 믿다 보니 회사의 자체 조사 결과를 신뢰하는 모양이었다.

'저러다가 한번 제대로 데어봐야 정신을 차리지……'

"혹시 내부 영상 기록 있습니까?"

수현은 큰 기대를 하지 않았다. 기지 자체가 반파된 상황인 데다가 만약 누군가가 이걸 의도적으로 꾸몄다면 저런 영상 기록부터 파괴했을 테니까.

"있습니다. 완전하지는 않지만요."

"……!"

수현은 놀란 눈으로 이정우를 쳐다보았다.

"용케 있네요?"

"아, 원래 만일을 대비해서 기지 시스템이 아닌 저희가 자체로 기록하는 게 있습니다. 워낙 소란스러워서 확인하기는 힘들지만…… 그런데 여기에도 별거 없습니다. 저도 직접 확인했습니다."

"네네, 그러시겠죠. 그거 좀 주실 수 있습니까?"

"있기는 한데……."

이정우는 수현이 왜 이러는지 이해가 가지 않아 고개를 갸웃거리며 건넸다.

"좋습니다. 그러면 이제 이소희 대원한테 가서 잘 설득해 보시죠."

"저, 같이 가주시면……."

수현은 대답 대신 손으로 문을 가리켰다. 축객령이었다.

"드디어 내 시대다!"

"팀, 팀장님. 아무리 그래도 지금 크게 말하시면 좀 그렇지 않을까요?"

"뭐, 인마? 너 나가서 고자질이라도 할 거냐?"

"아닙니다!"

"그러면 됐지, 뭘. 우리 떠드는 걸 누가 듣겠어?"

수현의 영원한 호구, 최재호는 기쁜 표정으로 의자에 등을 기댔다. 아직도 믿기지 않았다. 영원할 것 같았던 이정우가 저렇게 되다니…….

'착하게 살았더니 신께서 알아봐 주시는군.'

이정우가 들었다면 얼음 조각을 머리에 박아버렸을 것이다.

최재호는 손바닥을 비비며 생각에 잠겼다. 진돗개 1팀의 팀장이 되는 건 그의 오래된 꿈이었다. 그러나 한동안은 포기하고 있었다. 이정우가 워낙 강력한 벽이었던 것이다. 가족도 그렇고 그 실질적인 능력도 그렇고…….

그를 뛰어넘기 위해서 몇 번 시도를 했었지만 그 결과는 대부분 참혹했다.

'그리고 대부분이 김수현 때문이었지. 개자식!'

뉴스에서 김수현이 나올 때면 한국의 자랑이다 한국의 보물이다 이런 말들이 나오는데, 그런 걸 볼 때면 최재호는 뱃속이 뒤틀렸다.

'내가 망한 건 다 저놈 때문이야!'

완전히 틀린 건 아니었지만, 최재호는 좀 심하게 수현 탓을 했다. 딱히 수현이 개입하지 않은 그의 실수도 수현 탓으로 돌릴 정도로.

그만큼 수현에게 피를 많이 본 것이다.

거의 자기가 멍청한 짓을 하기는 했지만, 사람 마음이라는 건 원래 논리적으로만 돌아가지는 않았다.

올라가려다가 추락하고, 올라가려다 추락하고…… 이제는 반쯤 포기한 상태였다.

─그래, 그래도 2팀 팀장이 어디냐.

그런데 바로 그때 이번 사고가 터진 것이다.

이정우는 거의 은퇴 확정인 상황!

벌써부터 용병들 사이에서는 최재호에게 은근한 말을 하고 있었다. 1팀 팀장이 되면 잘 부탁드린다고. 이사진들 사이에서도 그를 신뢰하는 것 같았고…….

'정말 인생이란 건 알 수가 없는 법이군.'

최재호는 만족스러운 얼굴로 고개를 끄덕였다. 그의 머릿속은 벌써부터 장밋빛 미래로 부풀고 있었다.

"그래, 확실히 이상하군."

"뭐가?"

"조준이 정확하지가 않아. 몬스터 상태도 이상하고. 원래 이정우라면 여기서 세 마리 정도는 바로 급소를 꿰뚫었어야 했어. 컨트롤로 유명한 초능력자잖아."

"기습당해서 당황한 게 아니라?"

"아무리 기습을 당해도 실력은 사라지지 않아. 십 년 넘게 카메론에서 구른 사람은 본능적으로 몸에 배어 있다고. 아마 다른 사람들도 너처럼 생각한 것 같은데……."

미묘했지만 분명 조준이 흔들리고 있었다. 이걸 본 다른 사람들도 루이릴처럼 생각한 게 분명했다. 갑작스러운 상황 때문에 당황한 것이라고.

강력해진 몬스터, 약해진 기지의 초능력자들, 그리고 공교로운 시스템 오작동까지…….

수현은 확신했다. 이건 분명 누군가가 일을 벌인 것이다.

"누가 이런 짓을 해? 중국인들?"

"평소라면 의심했겠지만 이번은 아니야."

"왜?"

"알 수 있는 방법이 있지. 그나저나…….."

수현은 화제를 돌렸다. 그가 카메론에서의 중국 작전을 꿰고 있다는 걸 말해서 좋을 게 없었다. 그건 루이릴에 대한 신뢰와는 별개의 문제였다.

'게다가 얘는 그걸 말하는 순간 중국 가서 사고 칠 것 같단 말이지.'

든든한 권력이 있다는 걸 아는 순간 바로 가서 사고를 칠 사람. 그게 바로 루이릴이었다.

"지금 이소희 대원은 어떻지?"

루이릴의 눈매가 가늘어졌다.

"그건 왜?"

"이번 사고로 은퇴하는 1팀 팀장이 이소희의 오빠잖나. 그 사람이 이소희를 1팀 팀장으로 데려가고 싶어 하나 봐."

"뭐?!"

"아, 너무 갑작스러운가? 생각해 보니 말하기 전에 대원들한테 미리 의사를 물어볼 거 그랬군. 이소희가 떠나면 아쉬워할 사람이 많을 테니…….."

"아냐, 난 찬성이야! 대찬성!"

"……."

이번에는 수현이 어이가 없다는 눈빛으로 루이릴을 쳐다보았다. 그걸 눈치챈 루이릴이 헛기침을 하며 시선을 돌렸다.

"흐, 흐흠. 그러니까 대찬성이라는 게…… 꼭 내가 좋다는 게 아니라…… 이소희가 더 좋은 곳으로 가고 싶어 한다면 아쉽지만 어쩔 수 없다는 거지. 응, 개인의 자유잖아?"

"입에 침이나 바르고 말해라."

루이릴이 같은 순간이동 능력자로서 이소희를 조금 견제하는 느낌이 있다는 건 수현도 이미 알고 있었다.

그렇지만…….

'이제는 나도 할 수 있는데 말이지.'

아티팩트를 쓸 때는 아티팩트의 한계가 있었지만, 수현이 직접 흡수한 이상 그런 한계도 없었다.

루이릴은 그런 수현의 생각도 모르고 손을 흔들며 말했다.

"아냐, 진심이라고!"

"그러면 이소희가 안 간다고 하면 그 선택을 존중해 주는 건가?"

"더 설득을 해야지! 여기서 썩는 것보단 거기 가서 대장 노릇 하는 게 훨씬 좋지 않겠어?"

"뭐? 썩어?"

"아차. 말이 그렇다는 거야, 말이!"

"네가 그렇게 불만이 많은 줄은 몰랐는데, 이번에 고생 많았다고 선물도 준비했는데……."

"아니라니까! 응? 선물이 뭐야?"

"예전에 네가 도둑질한 아티팩트들을 가져갔을 때……."

"컬렉션, 컬렉션."

"……그래, 네 아티팩트 컬렉션들을 가져갔을 때 나중에 기회가 되면 갚아주겠다고 했었잖아. 이번에 아티팩트가 좀 많이 생겨서 아티팩트 룸을 만들었는데…… 뭐, 네가 그렇게 생각하고 있었다니……."

"아니야! 아니라니까!"

지금 수현이 임시로 보관하고 있는 창고에는 아티팩트가 말 그대로 발에 차일 정도로 굴러다녔다. 아티팩트 수급에 목을 맨 세력들이 와서 봤다면 기절을 했을 것이다.

미국 정부도 수현이 아티팩트 제작 능력을 가진 리차드를 데리고 갔다는 걸 뒤늦게 깨달았지만, 이미 때는 늦은 뒤였다. 카메론으로 간 이상 수현을 어떻게 할 수는 없었다.

게다가 회장 문제도 있었다. 안 그래도 지금 회장과의 관계가 매우 악화된 것 때문에 인공 아티팩트 사용에도 지장이 있을 정도인데, 그나마 협상 가능한 게 수현이었다.

여기서 수현하고 척을 진다면, 미국 본토의 연구자들이 개발해서 완성시킨 인공 아티팩트를 정작 미국 정부만 못 쓰게 되는 일이 일어날 수도 있었다.

그 때문에 수현은 비교적 편하게 아티팩트들을 처리할 수 있었다. 물론 비교적 편한 것이었지, 아티팩트들을 관리하는 건 보통 일이 아니었다.

일단 원정이 끝나자마자 가능한 아티팩트는 모조리 흡수했는데도 아티팩트가 산더미처럼 남아 있었다.

수현은 혀를 차며 분류에 들어갔다. 사실을 알고 있는 로렌스도 목덜미를 잡혀 노동에 들어갔다.

반지 하나, 목걸이 하나, 팔찌 하나가 몇십억. 처음에는 미친 듯이 긴장이 되었지만 계속 만지다 보니 그런 감각도 사라졌다.

수현은 일단 분산해서 저장하기로 마음먹었다. 몇 군데의 금고에 나누어서 저장하고, 남은 건 다른 몇 군데의 창고와 수현만 아는 비밀 장소에 두고…….

그래도 남았다.

'XXXXXX…….'

아티팩트가 많다고 욕하는 사람이라니. 카메론의 누구도 상상하지 못할 것이다.

그러나 실제로 관리하는 입장이 되니 이게 보통 노동이 아니었다. 루이릴의 컬렉션이야 개인이 모을 수준이었지만, 리차드의 컬렉션은 범죄 조직이 조직적으로 대량생산을 시도했던 물건들. 규모 자체가 달랐다.

숫자가 많다고 대충 던져 놓을 수도 없었다. 하나하나 가치를 생각한다면 절대로 그럴 수가 없었다.

그러면 이제 보안이 철저하며 이 물건이 무슨 물건인지 비밀도 유지가 되는 곳을 찾되, 분산해서 넣어둬야 했다. 카메론에 루이릴 같은 도둑이 루이릴 혼자만 있는 건 아닐 테니까.

그렇게 분산하다 보니 루이릴한테 건물 하나를 째로 떼어줘도 될 만큼 아티팩트가 나왔다. 겉으로는 평범한 빌딩이었지만 안은 어지간한 은행 금고보다 강력한 보안 시설이 되어 있는 빌딩이었다. 불려온 사람들이 뭐하러 이런 걸 설치하느냐고 물을 정도로.

물론 수현이 아티팩트를 급하게 분산해서 보관하다 보니 남아서 제공해 줬다는 속사정을 모르는 루이릴은 매우 감동한 상태였다. 그녀는 눈빛을 반짝이며 수현의 손을 잡으려 들었다.

"열심히 할게! 앞으로 뭐든 열심히 할 테니까!"

"그래, 믿기지는 않지만 믿으려고 노력은 해볼게."

"두 분이 뭐 하시는 거죠?"

"헉!"

"아."

수현에게 달려들던 루이릴은 당황해서 동작을 멈췄다. 어
느새 이소희가 방 앞에 와 있었던 것이다. 둘이 시끄럽게 떠
드느라 오는 소리도 못 들었다.

"왔, 왔, 왔어?"

"……아무리 그래도 그렇게 말을 더듬으면 누구라도 눈치
채지 않겠냐?"

"쉿! 쉿 쉿!"

이소희는 신기한 걸 쳐다보는 눈빛으로 루이릴을 바라보
다가 안으로 들어왔다.

"이야기 들었습니다."

"뭐? 진, 진짜? 나는 아무 말도……."

"루이릴, 이야기 들었다는 게 우리가 하는 이야기 들었다
는 게 아니라……."

"루이릴 씨는 무슨 이야기를 하는 거죠?"

"아, 아무것도 아니야."

"이정우한테서 이야기를 들은 겁니까?"

"네, 팀장님께도 미리 말을 해놨다고……."

"예, 먼저 들었었죠. 저도 괜찮은 제안이라고 생각해서 동
의를 했었고요."

"저…… 제가 이 팀에 도움이 안 되는 겁니까?"

"그야 물론……."

"넌 좀 닥치고 있어."

수현은 루이릴의 입을 다물게 한 다음 말했다.

"물론 아닙니다. 이소희 씨는 제가 오기 전부터 팀장으로
잘하고 있었습니다. 원래라면 용병 팀을 이끄는 팀장은 단독
행동을 하는 게 추천되지 않죠. 우린 군인이 아니지만 조직
으로 움직이는 건 마찬가지잖습니까."

카메론 초기에 자유로운 행동과 간섭받지 않는 개척을 위
해 용병들은 의도적으로 군과의 거리를 강조했다. 군이 아닌
명백한 민간 세력이라는 걸 강조한 것이다. 팀이나 팀장이
나, 군의 조직을 쓰지 않는 것도 이때의 영향이었다.

그러나 아무리 그래도 행동이나 메뉴얼은 영향을 받을 수
밖에 없었다.

"그런데도 제가 마음대로 움직일 수 있었던 건 이소희 씨
가 있어서였습니다. 제가 없어도 원래 이 팀을 잘 이끌고 있
었으니 믿고 맡길 수 있었던 거죠. 그리고 그건 지금도 마찬
가지입니다. 제가 없을 때 누구를 이 팀의 리더로 믿고 맡기
겠습니까?"

서강석은 괜찮은 인재였지만 지금은 사정상 쉬고 있었고,
김창식은 논외였다. 강인규나 구중철은 초능력은 뛰어났지
만 성격이 너무 소심해서 누구를 이끌 스타일은 아니었고,

루이릴이나 샤이나는 이종족이라 겉돌 수밖에 없었다.

수현의 말을 들은 이소희는 살짝 감동한 것 같았다. 그녀는 잠깐 생각하다가 무언가를 떠올리고 고개를 갸웃거렸다.

"잠깐만요⋯⋯. 그러면 제가 빠지면 곤란한 거 아닙니까?"

"아니요. 이소희 씨가 빠지면 또 거기에 맞춰서 상황을 조정할 겁니다. 그냥 편하게 생각하세요. 제가 이정우의 제안을 허락한 건 제가 괜히 선택을 방해할까 봐서였습니다. 원하는 게 있으면 원하는 걸 선택하세요. 부담 가지지 말고, 이제까지 한 게 있으니 그 정도는 해도 됩니다."

수현이 보기에 이소희는 상당히 금욕적이었다. 수현과는 방향성이 다른 금욕주의였다.

원하는 게 있더라도 동료들에게 방해가 된다면 참는 스타일.

'루이릴하고는 정반대지.'

"응? 왜 나를 쳐다봐?"

루이릴은 동료가 있더라도 원하는 게 있으면 동료를 버리고 가지러 갈 스타일이었다.

"진돗개로 가는 게 내키지 않는다면 안 하셔도 됩니다. 강요하는 건 아니고, 그냥 편하게 생각하세요."

"솔직하게 말하자면⋯⋯ 생각을 안 해본 건 아닙니다."

"⋯⋯!"

수현은 일어서려고 하는 루이릴의 어깨를 잡아 눌렀다.

"원래 진돗개에서 일하는 게 꿈이었으니까요. 그게 되지 않아서 군에 입대하고……."

"세상에서 가장 멍청한 선택이라니깐."

"네?"

"아무것도 아닙니다."

"여기까지 오게 됐습니다. 진돗개에서 일했어도 이보다 더 높게 올라갔을 거라고는 생각하지 않고 있어요. 지금 상황에 감사하고 있습니다."

수현에게도 꽤나 감동적인 말이었다. 옆에서 그걸 듣고 있던 루이릴은 볼을 부풀렸다. 그녀와 너무 비교되고 있었다.

"하지만 가족과 가족의 일이라는 건 쉽게 맺어지지 않죠?"

"네."

"고민해 보시고 대답해 주시죠. 무슨 대답이 나오든 존중하겠습니다."

"……감사합니다."

이소희가 고개를 숙여 인사하고 나가자 수현이 루이릴을 쳐다보고 말했다.

"너도 저런 성실함의 절반 정도만 배우면 안 되냐?"

"……."

이소희가 고민하고 있다고 해서 수현이 가만히 있는 건 아니었다. 수현은 나름대로 조사에 들어갔다.

가장 먼저…….

"아니라고? 나 보고 지금 그걸 믿으라는 거냐? 응? 우샹카이, 지금 당 내부로 들어갔다고 세상이 다 우스워 보이지? 나와 한 약속 따위는 기억나지 않을 정도로? 주석한테 직통으로 영상 보내줘?"

폭풍 같은 갈굼!

수현도 중국 쪽에서 벌였다고 생각하지는 않았다. 그러나 관련 정보는 여기서 나올 확률이 가장 높았다. 그렇다면 두들기고 갈궈야 했다. 쓸 만한 정보가 나오도록.

예상대로 우샹카이는 안절부절못하며 변명을 늘어놓았다.

ㅡ정말로 아니다! 내가 여기서 왜 너를 속이겠나!

지금 우샹카이는 인생의 정점을 맞이하고 있었다. 위에 있던 권력자들, 옆에서 경쟁하던 경쟁자들이 모두 사라지고 그들이 카메론에서 가꿔놓은 결실은 모두 그의 손으로 들어왔다.

게다가 원정이 끝나고 그가 올린 비약들은 주석과 그를 직접 대면하게 만들어주었다.

무려 직접 만난 것이다. 직접 만나서 '앞으로 기대하겠네'라는 말을 들은 것뿐이었지만 우샹카이는 그것만으로 충분했다.

중앙개척부장 자리는 이미 맡아놓은 것이나 다름없었다. 이제 여기를 발판으로 국무위원 자리도, 국무원 총리도…….

"우샹카이, 내 말 안 듣나?"

ㅡ어? 어?

"안 듣고 있었나 보군. 잘 알았다."

ㅡ아니라니까! 우리가 지금 작전을 벌일 정신이 있을 것 같아? 조직이 새로 개편되느라 정신이 없는데! 게다가 벌여도 에우터프라니, 거기는 우리가 손을 뻗기도 힘든 곳이라고!

우샹카이는 필사적으로 부정했다. 그러나 수현은 의심을 멈추지 않았다. 이번 사고에서 보인 몇몇 수법이 중국 쪽을 수법을 연상시켰기 때문이었다.

"너희가 직접적으로 하지 않았어도 지원했을 가능성은?"

ㅡ응?

"지원 말이다, 멍청한 놈아. 작전을 모두 다 너희가 직접 하는 건 아니잖아. 이해관계가 맞아떨어지면 민간 세력도 포섭해서 수작을 부리는 거 아니었나?"

ㅡ그거야…… 그렇지만…… 우리 쪽에서는 분명 그런 적이…….

"우샹카이, 슬슬 너를 믿어도 되는지 회의감이 든다. 당장에 리허쥔이나 저우량위만 해도 너 모르게 그런 식으로 접선해서 지원을 했을 가능성이 충분한데. 네가 모른다고 다 없었던 일이냐?"

우샹카이는 얼굴을 붉혔다. 수현에게 책잡히기 싫어서 일단 자기가 한 게 아니라고 부정부터 하다 보니 가장 기본적인 것도 잊고 있었던 것이다.

─아니…… 그게 아니라…….

"이제 방해되는 놈도 없겠지? 당장 민간 쪽 지원 기록부터 뒤져 봐."

─그래도 아무것도 안 나온다면?

"나올 때까지 뒤져."

─…….

우샹카이는 속으로 욕을 삼켰다. 그리고 고개를 끄덕였다.

─알겠다!

연락이 끊기자 수현은 발을 책상 위로 올리고 생각에 잠겼다. 분명 중국 쪽과 관련이 있을 것이다. 이런 면에서 수현의 직감은 틀린 적이 없었다.

범인은 자신하고 있을 것이다. 중국 쪽에서 지원을 받았으니 결코 꼬리가 잡힐 일은 없을 거라고. 그러나 놈은 상상치도 못할 것이다. 이미 중국의 카메론 조직은 수현의 손아귀

안에 들어왔다는 것을.

"들어가도 되겠습니까?"

"들어오시죠."

들어온 사람은 이소희였다. 그녀의 표정을 보고 수현은 그녀가 결정을 내렸다는 걸 알아차렸다.

"결정하셨습니까?"

"네, 허락해 주신다면…… 제가 진돗개를 이끌어 보고 싶습니다."

"일단 큰 문제는 없을 겁니다. 제가 몇몇 이사에게 운을 띄워봤는데, 매우 긍정적으로 생각하더군요. 김수현 팀장님 밑에서 일했던 것도 있고, 향후……."

"친하게 지내자?"

"예, 더 솔직하게 말하면 그렇게 되겠죠."

이소희가 온다면 아무래도 수현과의 인맥을 기대할 수밖에 없었다.

수현은 고개를 끄덕였다. 어차피 그 정도는 들어줄 수 있는 범위였다.

"뭐, 상관없습니다."

"그렇다면 이사들도 두 팔 벌려 환영할 겁니다."

이정우는 자신만만했다. 그러나 수현은 회의적이었다. 우샹카이에게서 들어온 정보 때문이었다.

73장
후계자(2)

－찾았다! 저우량위가 했었던 일이라서 내가 모르고 있었군!

　"변명은 됐고, 정보나 말해라."

　속마음을 들킨 우샹카이가 얼굴을 붉혔다. 변명부터 하려고 했는데 수현이 바로 차단한 것이다.

　'XX…… 저우량위가 한 일인데 내가 어떻게 알아? 사람이 할 수 있는 일이 있고 없는 일이 있는 건데…….'

　"왜 대답이 없지? 너 지금 속으로 내 욕하냐?"

　－……!

　"대답 없는 거 보니 맞군."

　우샹카이는 저도 모르게 주변을 둘러보았다. 수현의 초능력은 많은 사람의 호기심을 불러일으켰다.

가장 유명한 게 그 특유의 강력한 염동력이었지만, 수현이 자유자재로 다루는 걸 봤을 때 그에 버금가는 초능력 몇 개 정도는 더 있을 거라는 게 중론이었다.

우샹카이는 수현이 독심술을 갖고 있어도 놀라지 않을 것이다. 차라리 그게 더 납득이 됐다. 독심술이 없다면 수현이 사람의 마음을 읽고 약점을 잡아내는 솜씨가 설명되지 않았다.

─아, 아니다. 절대로 아니다.

"저우량위가 했었다는 게 무슨 소리지?"

─그게 무슨 소리냐면…….

화제가 돌려졌다는 것에 안도하며, 우샹카이는 설명에 나섰다. 이제 그는 자국의 중요한 기밀을 유출하고 있다는 의식도 없었다.

하는 것만 보면 거의 완전한 노예!

저우량위는 꽤나 머리를 쓸 줄 아는 사람이었다. 어쩌다가 재수 없게 수현과 부딪혀서 저 꼴이 됐지만, 원래는 카메론에서 손꼽히는 사람이었다.

그가 생각한 방법 중 하나가 적의 내부 분열이었다. 카메론에서 국가가 언제나 단합해서 움직이는 건 아니었다. 중국에서도 서로 위로 올라가려고 견제하는데 다른 나라라고 그런 견제가 없을 리 없었다.

'저놈을 밟고 내가 올라가기 위해서라면 타국과도 손을 잡 겠다' 같은 생각을 갖고 있는 사람을 찾으면 그다음부터는 일사천리였다. 상대도 거래를 한 이상 쉽게 손을 놓지는 못 할 테니까.

저우량위는 미국이나 러시아뿐만 아니라 한국 내에서도 몇몇 사람을 섭외하는 데 성공한 것 같았다.

"이름은? 저우량위가 안 적어놨나?"

-이 자식이 의도적으로 빼놨는데⋯⋯?

혹시라도 조직 안에서 다른 사람이 알고 훼방을 놓지 못하 도록, 저우량위는 작전 하나를 진행하면서도 신중을 기울였 다. 상대방의 신분은 익명으로 처리되어 있었다.

나와 있는 건⋯⋯.

-강정, 파이어 스네이크, 주안⋯⋯ 일단 이 회사들이 기 록에 있네. 용병 회사 같은데.

"잠깐, 파이어 스네이크?"

-어⋯⋯ 어, 그렇게 쓰여 있는데. 아는 곳인가?

수현은 눈살을 찌푸렸다.

파이어 스네이크.

그냥 평범한 용병 회사 이름이었다. 카메론에는 용병 회사 가 수백 개도 넘었다. 목숨을 걸 자신만 있다면 회사를 세우 는 건 어렵지 않았다.

그러나 저 이름은……

'우연의 일치일 리가 없지!'

예전에 수현이 들었던 회사의 이름이었다. 이중영이 대외적인 얼굴로 내세웠던 용병 회사 중 하나.

그는 민간 용병 회사의 껍데기를 쓰고서 특수부대를 굴렸다. 이중영은 상상치도 못할 것이다. 그가 아무 생각 없이 대충 지은 이름 하나 때문에 꼬리가 잡혔다는 것을. 평범한 이름이었지만 사람의 작명 센스는 어디 가질 않았다.

"지원을 받았다고?"

―그래, 우리는 한국군 부대 몇 개 정보하고 기지 정보, 용병들 정보를 받았고, 우리가 준 건…… 어, 여기 있네. 몬스터 유도 장치하고 특수부대용 장비 몇 개, 그리고 몬스터 강화 약물…….

점점 조각이 맞아떨어졌다.

"특수부대용 장비는 구체적으로 뭘 말하는 거지?"

―놈이 자세한 건 다 뭉개놨어. 아마 스텔스 슈트 같은 거 아닌가?

우샹카이가 난감하다는 듯이 되물었지만, 수현은 고개를 저었다. 확답을 듣지는 못했지만 뭘 받았는지 알 것 같았다.

'대충 그려지는군.'

몬스터를 포획해서 강화시킨 다음, 기지의 시스템을 무력

화시키고 공격. 초능력자들이 제대로 대응하지 못한 건…….

'초능력 상쇄 장치는 아닌 것 같군. 그랬다가는 바로 들켰을 테고…… 아마 약물인가?'

약물로 초능력을 막을 수는 없었지만 초능력자의 몸 상태를 흐트러뜨릴 수는 있었다. 만약 이중영이 범인이라면 이런 짓을 하는 건 일도 아니었을 것이다. 이중영은 어쨌든 일단 한국인이었으니까. 훨씬 덜 경계를 받았다.

수현은 빠르게 상황을 추측해 내고 의심을 굳혔다. 이제 알아내야 할 건…….

'그런데 어째서?'

지금 이중영은 한창 바쁘게 돌아다녀야 할 때였다. 원래라면 야심 차게 새 팀들을 구성하고 실적을 만들어서 위에 보고를 해야 하는 상황.

안 그래도 수현의 굵직굵직한 행동에 부딪혀 튕겨 나가는 바람에 실패 하나 하지 않았음에도 불구하고 이중영은 몰려 있었다.

아무리 열심히 해서 실적을 내도 수현과 비교하면 초라한 수준!

그가 팀을 굴려서 새 자원을 발견하고 중국 쪽과 사소한 접전에서 우위에 서는 동안, 수현은 중국 쪽에서 에멜늄 광산을 뜯어내고 인공 아티팩트 프로젝트로 인류 역사에 한 획을 그었다.

말 그대로 수준이 달랐다. 저걸 만회하려면 이중영은 뭐라도 해야 했다. 물론 아무리 그래 봤자…….

'이미 장관 자리는 합의가 끝나 있는데. 그걸 알고 있으려나?'

정권이 바뀌지 않는 한 이중영이 그렇게 원하는 자리는 수현이 마음대로 할 수 있었다.

인공 아티팩트를 발표하고 나서, 수현은 관대한 마음으로 한국 정부에 인공 아티팩트 몇 개를 대여해 줬다. 겉으로 보기에는 애국심과 이타심으로 가득한 행동이었지만, 속은 전혀 아니었다.

ㅡ언제든지 약속을 어길 경우 치워 버릴 수 있다.

차원문 폭풍과 그로 인한 몬스터 습격 때문에 지구는 여전히 공포 분위기였다. 정치인들은 거기에 영향을 받을 수밖에 없었다.

그런 상황에서 수현의 인공 아티팩트를 얻은 정권은 신나게 홍보를 해댔다.

우리가 이렇게 안전에 신경을 쓰며, 이건 세계적으로 비교해도 손꼽히는…….

이렇게 일을 벌여놨는데 미치지 않고서야 수현과의 약속을 어길 일은 없었다. 이미 수현은 단단히 목줄을 쥐고 있었다.

어쨌든 이중영은 무언가를 해야 하는 상황이었다. 그게 왜 가만히 있는 진돗개 회사를 공격하는 걸로 이어진 건지 의문이었지만.

'이유를 모르겠군. 왜 진돗개를?'

"왔습니다."

이정우는 좌중의 반응에 안심했다. 예상했던 대로였다. 미리 말을 해놨던 이사들은 고개를 끄덕이며 말을 꺼냈다.

"괜찮지 않습니까? 이정우 씨의 동생인 걸 떠나서 능력은 이미 증명되었으니…… 엉클 조 컴퍼니에서 일한 사람이잖습니까."

"게다가 텔레포터기도 하고요."

"무엇보다 김수현하고의 인맥이……."

"그건 좀 탐이 나는군요."

진돗개는 이미 그 자체로 반석에 오른 회사였다. 그러나 지금은 성장이 느려진 상태. 한 단계 더 뛰어오르기 위해서는 동력이 필요했다.

그게 바로 김수현이었다.

진돗개가 반석에 오른 회사였다면 김수현은 세계 단위로 움직이는 인물이었다. 아무리 진돗개가 대단해도 김수현에게 비할 수는 없었다.

김수현이 갖고 있는 것이나 계획하고 있는 것 중 몇 개만 같이 할 수 있다면…….

그야말로 비교할 수 없는 기획!

최재호를 올리는 무난한 선택과는 비교할 수도 없이 매력적인 선택이었다.

"저는 반대입니다."

"……?"

"진돗개는 역사와 전통이 있는 회사입니다. 안에서 일하던 사람들이 키워 올린 건데, 다짜고짜 외부인을 데리고 와서 팀장으로 앉히면 다른 사람들이 납득하겠습니까?"

'이 인간이?'

이정우는 예상치 못한 반대에 당황했다. 말은 그럴듯했지만 헛소리에 불과했다. 용병 회사에서 역사와 전통 같은 건 아무 의미가 없었으니까.

진돗개가 비교적 오래되기는 했었지만, 그 안에서 용병 교체와 스카우트는 끊임없이 일어났다. 까놓고 말해서 능력만 된다면 외부인들을 데려와서 1팀을 만드는 건 일도 아니었다.

게다가 이정우도 저런 식으로 들어온 사람이었다. 자리를 뺏긴 용병들이야 불만을 가지겠지만, 그런 걸 신경 써가며 자리를 정하지는 않았다. 용병 회사란 가장 먼저 이익을 봐야 했다.

이정우는 눈살을 찌푸리며 김지산을 쳐다보았다. 저 사람이 무슨 생각을 하고 있는지 알 수 없었다.

"아니, 그래도 김수현인데……."

"김수현이 뭐 대단한 사람입니까?"

"대단하지."

"솔직히 대단한 사람 아닌가?"

"난 이번 기사 보고 감탄했네. 여러모로 그릇이 큰 사람이잖나? 나라를 위해 그 인공 아티팩트도 무상으로 제공하고, 이번에 사고가 났을 때 우리 기지로 가장 먼저 구조를 온 게 그 사람 밑에서 일하는 오크들이었다면서? 인성이 된 사람이지."

과도한 언론플레이로 인한 착각!

사실, 대다수의 사람은 수현을 이렇게 생각하고 있었다.

인류 최초의 마법사라는 명예부터 시작해서, 위기가 있을 때마다 성심성의껏 나서서 봉사해 온 것이다.

몬스터가 나타났을 때도 불만 없이 달려왔고, 인공 아티팩트라는 초유의 물건을 만들었을 때도 가장 먼저 한국에 편의를 제공했으니…….

겉으로만 보면 정말 애국심이 넘치는 사람이 수현이었다.

진짜 수현을 아는 사람이 들었다면 뒷목을 잡았을 소리였다.

이번에는 김지산이 얼굴을 찌푸렸다. 원래 여기서 그의 무게라면 의견의 흐름을 쉽게 조종할 수 있을 거라고 생각했는데, 의외로 다른 이사들이 김수현에 대해 호감을 갖고 있었다.

'평소라면 잘 설득해서 넘어가는 건 일도 아니었는데…….'

김수현을 너무 과소평가한 것 같았다. 생각보다 이름값이 너무 대단했다. 정작 김수현은 자리에 있지도 않았는데 이사들이 욕심을 내고 있었다.

"이번 기회에 우리도 그 사람하고 손을 잡고 큰일 좀 해보자고."

"그것참 좋은 생각인데."

"모두들 정신 차리시죠! 외부인을 데리고 온다고 김수현과 바로 손을 잡을 수 있을 것 같습니까? 팀원 하나 데리고 왔다고 그게 될 정도로 만만하게 생각하시면 안 됩니다!"

김지산은 설득의 방향을 돌렸다. 확실히 그 말은 설득력이 있었다. 기껏 이소희를 1팀 팀장으로 모셨는데 김수현과 협력할 수 없다면 의미가 없었다.

대화를 듣던 이정우가 끼어들었다.

"아니, 그건 아닙니다. 김수현 씨는 이소희 팀장이 자리에 앉을 경우 협력을 약속했습니다."

"그래?!"

"그러면 이야기가 다르지."

"내가 말했잖나. 김수현은 그릇이 큰 사람이라고. 다른 곳으로 간 자기 팀원을 그냥 보고만 있지는 않을 거야."

"……."

이정우는 속으로 고개를 갸웃거렸다. 김수현을 싫어하지는 않았지만, 저런 평가는 좀 의아했다.

김수현이 저런 사람이었나?

'아닌 것 같은데…….'

"뭐? 지금 당장?"

"예! 지금 당장 오시라고…….

"무슨 일인데 그래?"

"회의 중인데, 이정우 팀장님이…….

"전 팀장이지!"

"……."

용병은 최재호를 한심하게 쳐다보려다가 멈췄다. 그래도 그보다 위 아닌가. 찍혀서 좋을 게 없었다.

"새로 1팀 팀장을 추천했다고 합니다."

"뭐?! 누구를?!"

"엉클 조 컴퍼니에서 일하던 이소희 씨라고……."

"!!"

최재호는 뒤통수를 얻어맞은 느낌이었다. 진돗개 안에서는 그 대신 올라갈 사람이 없을 거라고 생각해서 여유를 부리고 있었는데, 외부인이라면 이야기가 달라졌다.

게다가 이소희라면…….

'또 김수현이냐!?'

최재호가 생각해도, 이소희와 그를 비교하면 이사들은 이소희를 고를 것 같았다. 능력이야 비슷하다고 해도 이소희 뒤에는 김수현이 있잖은가.

그는 어깨를 축 늘어뜨렸다. 카메론에서 오래 구르다 보니 익숙해진 능력이 하나 있었다.

빠른 포기!

"팀장님! 빨리 오셔야 한다니까요!"

"됐다. 가서 망신만 당할 텐데……."

"아니, 김지산 이사님이 저한테 연락을 주셨다니깐요. 지금 회의장에 데려오라고 말입니다!"

"왜?"

"이사님께서는 팀장님을 밀어주실 생각인가 봅니다! 그러니까 빨리 오십시오!"

"그 양반이 나를 왜?"

이해가 가지 않았지만 일단 최재호는 부하한테 끌려갔다. 그의 마음속에서는 아직 일말의 욕심이 남아 있었던 것이다. 1팀 팀장이라는 자리를 향한 일말의 욕심이.

"이사님?"

"아, 최재호 팀장님. 오셨군요."

김지산은 급하게 최재호의 손을 잡았다. 최재호는 놀랐지만 내색하지 않았다. 둘은 그렇게 친한 사이가 아니었다. 이제까지 따로 술 한번 한 적 없는 사이였는데…….

"제가 왜 불렀는지 들으셨습니까?"

"간략하게 듣기는 했습니다만……."

잠시 회의가 중지되고 쉬는 사이에 김지산은 그를 불렀다. 처음에는 십게 회의를 끌어길 수 있을 줄 알았는데, 이성우가 의외의 인물을 데려오는 바람에 상황이 꼬였다.

이렇게 된 이상 쇼맨십이 필요했다. 최재호를 데리고 들어가서 사람들의 감정에 호소하는 것이다.

―이 사람은 평생을 진돗개에 바쳤다! 이런 사람을 두고 외부인을 팀장으로 세울 셈이냐!

이런 식의 쇼맨십이라면 분위기를 바꿀 수 있었다.

이사들도 결국 사람이었다. 아무리 이익을 원하더라도 감정에 호소하면 머뭇거릴 수밖에 없었다.

게다가 기존 용병들의 질서가 흐트러질 수도 있다고 협박 위주의 발언까지 한다면…… 누구든지 주춤할 수밖에 없었다. 모두가 이익을 좋아하지만, 그것에 따른 책임을 지고 싶어 하지는 않았으니까.

"제가 뭘 해야 합니까?"

"들어가서, 말하시면 됩니다. 최재호 팀장님께서 이 진돗개를 얼마나 사랑하는지 말입니다."

"그것만이면 됩니까?"

최재호는 눈치가 없는 사람이 아니었다. 욕심도 있었지만 그만큼 눈치도 있었다. 갑자기 아무 인연도 없는 김지산이 친한 척을 할 이유가 없었다.

세상일에는 다 이유가 있게 마련. 그런 걸 생각하지 않고 덥석덥석 받아먹다가는 탈이 나게 되어 있었다. 최재호는 이제 그런 것을 다짜고짜 챙길 만큼 순진하지 않았다.

"네, 그것만 하시면 됩니다."

"……."

최재호는 갈등하기 시작했다.

지금 이걸 받아들여도 되는 걸까?

물론 1팀 팀장 자리가 욕심이 났다. 이 사람이 밀어준다는 것도 혹하긴 했고.

그렇지만…… 무언가 미심쩍었다. 그가 뭘 바친 이사도 아니고 전혀 모르던 이사인데, 이 사람을 믿어도 되는 걸까? 왜 나를 밀어주려고 하는 거지?

'솔직히 말해서, 내가 이사라도 나보다는 이소희를 고를 텐데……?'

슬프지만 그게 사실이었다. 최재호가 아무리 일을 잘하고 성실해도 이소희는 연락 한 번으로 김수현을 부를 수 있었다. 최재호가 생각해도 그게 더 그럴듯했다.

"너무 부담 가지실 필요 없습니다."

최재호가 오래 망설이자 김지산이 속마음을 눈치채고 말을 꺼냈다.

'여기서 오히려 닦달하면 역효과지.'

의심을 품은 사람에게는 한 발짝 물러서는 게 효과적이었다.

"저는 그저, 이정우 팀장이 독단적으로, 진돗개를 자기 회사처럼 생각해서 멋대로 가족을 데려오는 것보다는…… 예전부터 꾸준하게 일해오신 최재호 팀장님이 낫지 않을까 생각했을 뿐입니다. 부담이 되었다면 죄송합니다. 들어가지 않으셔도 좋습니다."

덥석!

최재호는 바로 김지산의 손을 잡았다. 김지산이 망설이자 그의 생각은 한순간에 뒤집어졌다.

─아, 이 사람은 정말 이 회사를 생각해서 나를 부른 거구나!

결국 원하는 대로 해석하는 최재호였다.

최재호의 등장은 김지산의 예측대로 회의장의 분위기를 반전시켰다. 그의 열렬한 호소와 밑의 용병들도 불만을 가지고 있다는 말에 이사들은 머뭇거렸다.

그러나 실상을 아는 이정우에게는 웃기는 소리일 뿐이었다.

"대원들이 불만을 가진다 이겁니까?"

"노고를 다한 사람이 대접을 받지 못하면 누구나 불만을 가지지 않겠습니까?"

"말이 되는 소리를 하십시오. 애초에 여기는 실력으로 승부하는 곳이잖습니까. 어느 놈이 그런 것에 불만을 가집니까?"

뛰어난 실력을 가졌지만 외부에서 왔다고 불만을 가졌을 거라면 진작 문제가 생겼을 것이다. 용병들은 그런 것에 불만을 가지지 않았다. 불만을 가지더라도 밖으로 꺼내는 놈은 없었다.

－억울하면 강해져라!

능력이 된다면 알아서 대접을 받게 되어 있었다. 오래 일했다고 더 위의 자리를 갖고 싶어 하는 사람은 없었다. 그런 걸 밖으로 꺼낼 정도로 주제 파악을 하지 못하면 쫓겨날 뿐이었다.

그러나 김지산은 능숙하게 대응했다.

"불만을 말했다고 해서 누군지 확인하려고 하시는 겁니까? 그렇게 신원을 확인하면 누가 불만을 말할 수 있겠습니까? 마음에 들지 않더라도 말한 사람의 안전은 보장해 줘야죠."

"아니, 그게 무슨…… 누가 해코지라도 한다는 겁니까? 그 발언이 실제로 나온 발언인지 아닌지 확인하자는 거 아닙니까. 애초에 용병 회사에서 그런 걸로 불만을 가지는 사람은 없다니까요! 일반 회사도 아닌데!"

이정우는 속으로 혀를 찼다. 김지산이 생각보다 머리를 잘 굴렸다. 이렇게 말하면 증인을 직접 데려올 수 없었다. '이정우를 두려워해서 나올 수 없었다'라고 핑계만 댄다면 그가 나쁜 놈이 될 테니까.

이사들은 김지산의 말에 머뭇거리고 있었다. 최재호를 위로 올리는 건 무난한 방법이었다. 큰 기대를 할 수는 없지만 크게 잘못될 일도 없었다.

그에 비해 외부인을 데리고 오는 것은 잘못될 경우 누군가 책임을 져야 했다.

"우리는 현장에서 일하고 있는 용병들을 존중해 줘야 합니다. 우리가 돈을 벌 수 있는 건 모두 그들 덕분이니 말입니다. 그들은 돈을 벌어오는 기계가 아닙니다. 감정이 있는 사람입니다. 단체로 탈주라도 일어난다면……."

이정우는 기막혀 하고, 최재호는 속으로 감탄했다. 김지산의 능력에 반신반의했는데, 생각보다 혀 놀리는 솜씨가 보통이 아니었다.

쾅!

"탈주가 일어나면 탈주가 일어나는 거겠지. 어차피 그 정도로 빠져나갈 놈들이라면 바람만 불어도 빠져나갈 터. 그런 놈들을 일일이 신경을 써야 한다면 이 장사 못 하지 않나?

진돗개가 그 정도도 안 되는 회사였나? 어차피 그런 쭉정이들은 공고만 돌려도 우르르 몰려올 텐데."

"......!"

자리에 있던 사람들의 입이 벌어졌다. 지금 문을 박차고 들어온 건…… 김수현이었다.

'여기에 저놈이 왜?!'

모두가 놀랐지만 가장 놀란 건 최재호였다. 그는 가슴이 덜컥 내려앉는 느낌을 받았다. 김수현과 엮여서 좋은 경험을 한 적이 없었다. 김수현이 들어온 순간 모든 게 물거품이 되어버릴 것 같은 불길함이 느껴졌다.

"여기는 무슨 일로 오신 겁니까?"

모두가 얼굴을 알아봤고, 이정우가 말을 걸었지만 그보다 먼저 김지산이 나섰다. 김수현이 대단한 거물이기는 했지만 지금 그를 내버려 둬서 좋을 게 없었다. 내보내야 했다.

"뭐하시는 겁니까, 지금! 이 자리는 관계자들만 참석할 수 있는 자리입니다! 당장 나가주십시오!"

"관계자들?"

수현은 이정우를 보며 물었다.

"나도 관계자 아닌가?"

"관계자는 진돗개에 소속되어 있어야 합니다!"

"그쪽도 소속은 아닐 텐데?"

"우리는 이 회사의 대주주고요!"

"그 소리를 할 줄 알았지. 그래서 여기 들어오려고 주식을 좀 샀지. 나가서 확인해 보라고. 확인해 볼 기회가 있다면 말이지."

"뭔……?"

이사진들이 혼란스러워하는 동안 수현은 어깨를 으쓱거렸다. 애초에 이정우만 믿고 있을 생각은 없었다.

이정우는 별다른 걱정을 하지 않고 있었고, 이런 사람은 무언가 음모를 꾸미고 있는 사람한테 당하게 마련이었다. 그래서 수현이 직접 찾아왔다. 물론 그냥 들어갈 수는 없을 테니…….

"진돗개 쪽의 주식을 대량으로 매매할 수 있습니까?"

"별로 어렵지는 않을 겁니다. 김수현 씨 재산이라면 충분히…… 그런데 그건 왜 그러십니까?"

김수현 같은 사람이 진돗개 정도 되는 회사에 관심을 가질 이유가 없었다.

"이유는 나중에 말해 드릴 테니 일단 해주시죠."

"알겠습니다."

단순히 자리 참석을 떠나서, 필요해지면 입김을 좀 낼 생각이었다. 어차피 돈은 산더미처럼 쌓여 있었으니까.

회장이 말한 인공 아티팩트에 대한 대여료를 확인하고 나서 수현은 그가 처음에 개수를 잘못 센 줄 알았다. 기업들은 그야말로 어마어마한 액수를 투자했던 것이다. 그만큼 몬스터를 확실하게 처리하는 것에 대한 가치는 컸다.

그러나 수현은 앞에서 막혔다. 원래 수현 정도 되는 사람이 비키라고 하면 못 이기는 척하고 비킬 텐데, 이렇게 버틴다는 건…….

"죄송합니다. 들어오실 수 없습니다."

'미리 지시를 받았군.'

그렇다고 수현이 가만히 있을 성격은 아니었다.

"그래, 알겠어."

"못 들어오신다니까요?! 들어오시면 안 됩니다!"

"그래, 알겠다니까."

수현은 경비를 무시하고 안으로 들어왔다. 당황한 경비는 수현을 잡으려다가 멈칫했다.

'내가 막을 수 있나?'

그도 용병이었으니 수현의 이름을 잘 알고 있었다. 진돗개의 하위 팀에서 구르고 있는 그와 비교한다면 수현은 감히 비교도 할 수 없는 사람이었다.

'아니, 그래도……'

여기는 진돗개의 건물! 그 생각을 하며 경비는 수현을 잡으려 들었다.

퍽!

실력 차이가 얼마 나지 않는다면 모를까, 이런 용병 한두 명 정도 제압하는 건 손쉬운 일이었다.

수현은 바로 손을 털어 경비들을 제압했다. 당황한 용병들은 말도 제대로 하지 못하고 쓰러졌다.

"침, 침입……."

"그래그래, 침입자."

소리를 죽인 후 염동력으로 당겨서 제압. 10초도 되지 않는 사이 모든 과정을 끝낸 수현은 앞으로 걸어갔다.

그리고 지금.

수현은 회의실 안으로 성큼성큼 걸어 들어왔다. 이사들은 당황했지만 그들은 경비처럼 덤비지는 않았다. 경비들이야 원래 용병이었지만 그들은 용병이 아니었다. 그저 수현이 왜 들어왔는지 이해가 되지 않아 어리둥절해할 뿐.

"김수현 씨, 이러시면……."

"김지산, 맞지?"

"맞습니다만……."

"그래, 내가 맞게 찾았군."

안에 있는 사람들이 어찌나 당황했는지, 복도에서 기절한 경비를 알아차리지도 못하고 있었다. 이정우는 가장 먼저 알아차리고 당황했다.

'지금 뭐 하는 거지?'

아무리 수현이라고 해서 모든 걸 멋대로 할 수는 없었다. 회사 안에 들어와서 경비들을 무력으로 제압해서 좋을 게 없었다. 안 그래도 지금 최재호를 밀어주려는 김지산 때문에 곤란한 상황인데…… 괜한 짓을 해봤자 상대편의 기세만 올려주게 될 것이다. 이정우는 수현에게 시선을 보냈다. 수현이 이런 것도 모르고 움직일 사람이 아니었다.

'어째서?'

"네가 하는 발언은 재판에서 불리하게 사용될 수 있고…… 넌 묵비권을 행사할 수 있다. 물론 묵비권을 행사하는 걸 추천하지는 않겠어. 나는 사람이 말을 토해내게 하는 재주가 많거든. 입을 다물면 좀 고통스러울 거다. 변호사를 부를 수도 있지만 별로 도움은 안 될 거야. 네가 한 짓이 한 짓이니까."

"……?!"

수현은 김지산에게 한 발짝 다가섰다. 안에 있는 사람들은 수현이 무슨 소리를 하는지 이해하지 못해 입을 벌렸다.

그러나 김지산은 바로 이해한 것 같았다. 얼굴이 굳어지더니…….

쾅!

탁자를 발로 차고 달려 나가기 시작했다. 이번에는 수현이 어이없어할 차례였다. 수현은 도망치는 김지산의 뒷모습을 가리키며 물었다.

"지금 내 앞에서 도망치는 거냐?"

"그, 그런 것 같습니다만……."

"나 참."

정신없이 달려 나가던 김지산은 그대로 뒤로 끌려왔다. 수현은 그를 붙잡고 바닥에 후려치듯이 박아버렸다.

도망치지 못하게 제압을 끝내고, 수현은 손을 툭툭 턴 다음 회의실의 사람들을 둘러보았다. 아직도 어안이 벙벙해져서 그를 쳐다보고 있었다. 익숙한 얼굴도 있었다. 최재호였다.

"아, 이거 실례. 범죄자 놈을 잡느라 실례를 했군요."

"범죄자라니, 그게 무슨 소립니까?"

"곧 정식으로 발표가 나오겠지만…… 이번에 있었던 사고와 관련된 일이죠. 그런 사고는 우연히 나오는 게 아닙니다."

"……?!?!?!"

사람들의 얼굴이 당황에서 경악으로 바뀌었다. 지금 수현이 말하는 건 그냥 넘어갈 수 있는 소리가 아니었다.

김지산이 에우터프 기지에서 일어난 사고와 상관이 있

다고?

다른 사람이 말했다면 헛소리하지 말라고 했을 테지만, 지금 말하고 있는 건 수현이었다. 수현의 말은 가벼운 말이어도 무게감이 있었다.

"설마, 그렇다는 건……?"

"어떻게 알아내신 겁니까?!"

"개인적인 연줄로 조사를 했습니다."

"혹시 증거를…… 물, 물론 못 믿는다는 건 아닙니다. 그저 확인을 하고 싶을 뿐!"

남자는 급하게 물어보려다가 말을 돌렸다. 수현에게 괜히 오해를 받을까 두려워서였다. 수현은 친절하게 웃으며 말했다.

"증거는 곧 확인할 수 있을 겁니다. 이 사악한 범죄자의 입에서 직접 말입니다."

"……."

"아, 그러면 새 팀장에 대해서는 기대해도 되겠죠?"

이 상황에서 그런 말을 꺼내는 게 어이가 없었지만, 모두 무의식적으로 고개를 끄덕였다.

바닥에는 김지산이 거품을 물고 쓰러져 있고, 수현은 아무렇지도 않게 서 있었지만 위압감을 뿌리고 있는 상황. 이런 상황에서 '아니다'라거나 '좀 더 고민해 보겠다'라고 말할 만

큰 간이 큰 사람은 없었다.

수현은 아직도 얼이 빠져 있는 최재호에게 다가갔다. 수현은 그의 어깨를 툭툭 치며 말했다.

"죄송하게 됐습니다."

"잠, 잠깐…… 이게 대체 어떻게 된 거냐……?"

어찌나 얼이 빠졌는지, 최재호는 평소에 쓰던 가면도 잊고 수현을 쳐다보았다.

"어떻게 된 거냐니…… 이 사람이 여러분을 엿 먹였고, 제가 그걸 밝혀드렸습니다. 뭐, 감사 인사는 됐습니다. 해야 할 일은 한 거니까요."

"저 사람이 뭘 했다는 거냐고!"

"이해가 덜 되셨나? 회사 물갈이 좀 하려고 했다니까. 여기 이정우 팀장이야 워낙 성격이 오만하고 꼿꼿하니 내버려 두면 이빨 하나 안 들어가겠지만, 팀장이 바뀌면…… 잠깐, 이 사람이 누구를 팀장으로 밀려고 했습니까?"

모두가 대답 대신 최재호를 쳐다보았다. 그 시선은 대답을 대신하고 있었다. 최재호는 당황해서 한 걸음 물러섰다.

"아하."

"잠, 잠깐만! 나는 아무 상관이 없어!"

"뭐…… 그럴 수도 있고, 아닐 수도 있고…….”

"진짜라니까! 내가 미쳤다고 우리 팀을 함정에 빠뜨렸겠어?"

"사람들은 의외로 자주 그러죠. 걱정 안 하셔도 됩니다. 조사해서 별거 안 나오면 피해는 안 갈 테니까. 그래도 이 사람이 최재호 씨를 꽤 좋게 봤나 봐요? 이정우 대신 그쪽을 밀려고 한 거 보니까?"

"……."

수현의 말은 틀린 곳이 없었다. 최재호의 이마에 땀방울이 솟아났다. 사람들이 눈빛으로 신호를 보내고 있었다.

'너 혹시 김지산하고 무언가 밀약을 맺은 거 아니냐'부터 시작해서 '김지산이 너를 밀려고 하다니, 네가 밀약을 맺지 않았더라도 네가 어떤 놈인지 알겠다' 같은 눈빛까지.

그나마 나은 눈빛도 결코 우호적인 태도는 아니었다.

"이, 이런……."

이상하다 싶었을 때 거절했어야 했다. 최재호는 속으로 땅을 치고 후회했다. 지금 잘못하다가는 그까지 엮일 수 있었다.

김지산이 정말로 그런 미친 짓을 했다고는 믿기지 않았지만, 말한 건 수현이었다. 김수현 정도 되는 사람이 증거도 없이 와서 이런 폭탄 발언을 하지는 않았을 것이다. 그렇다면 김지산은 끝났다고 봐야 했고, 이제 남은 건 그였다.

'어떻게 빠져나가지?'

"김수현 씨! 저는 정말로 이 사람하고 아무 관계도 아니란 말입니다!"

"이제 다시 존댓말을 쓰시는 걸 보니 제정신이 좀 돌아오신 모양입니다?"

"······확인해 보십시오! 정말입니다!"

이 상황에서 할 수 있는 건 수현에게 그의 결백을 주장하는 것밖에 없었다. 최재호는 체면도 잊고 수현의 손을 덥석 잡았다. 본전이라도 건져야 했다.

"저야 최재호 팀장님을 믿죠. 그런데 여기 있는 다른 분들은······ 그 있잖습니까. '이 양반이 아무 대가도 없이 최재호 팀장님을 밀었을까?' 하는 의심이 들지 않겠습니까?"

"그냥 이 사람이 와서 저를 밀어준다고 했습니다!"

"그 말을 듣고 아무 의심도 안 들었어요?"

"들, 들긴 들었는데······ 저에 대해 제대로 평가해 주고 제 능력을 믿어주는 줄 알았습니다!"

이사 중 한 명이 종이에 꺼내 뭔가를 필기하기 시작하자 최재호는 더 다급해졌다.

"정말입니다! 저는 절대로 이런 짓을 하지 않습니다! 이정우! 너도 뭐라고 좀 해줘!"

"······난 솔직히 모르겠군. 지금 우리 회사 안에서 날 이 꼴로 만든 놈이 있다는 것 자체도 충격적인데 말이야."

'젠장!'

최재호는 속으로 자책했다. 아무리 절박해도 그렇지, 이정우한테 도움을 요청하다니. 둘의 사이는 좋지 않았다. 사실, 최재호가 일방적으로 이정우를 질투하는 거였지만.

이정우가 다치고 나서 최재호는 쾌재를 불렀다. 이정우가 그걸 직접 보지는 못했지만 짐작은 하고 있었을 것이다. 당연히 이런 상황에서 도와줄 리가…….

"김수현 씨, 정말입니까? 이 인간이……."

"저도 받아들이기 힘들다는 건 아는데, 진실이란 건 어쩔 수가 없잖습니까. 이 인간이 뒷돈을 받고 여러분에 대한 정보를 유출했습니다."

"정보를 유출했다는 건, 설마……."

"예, 여러분을 싫어하는 사람들이 여러분을 공격하기 위해 정보를 산 거겠죠. 이 인간은 옳다구나 하고 판 거고."

"누가 산 겁니까?!"

"그건 저도 확인을 못 했지만, 여러분을 싫어하는 사람이 없지는 않잖습니까."

물론 거짓말이었다. 수현은 이중영이 했다고 의심하고 있었다. 그러나 여기서는 말할 의미가 없었다. 어차피 이중영이 미치지 않고서야 본인의 이름으로 증거를 남기지는 않았을 테니까.

일단은 이중영의 수작을 막을 생각이었다. 수현과 이중영의 위치는 하늘과 땅 수준으로 차이가 났지만, 수현은 관대하게 봐주는 성격이 아니었다.

적이 될 가능성이 있다면 아주 미약한 가능성이라도 밟아 버리는 철저함!

'그런데 역시…… 이중영은 진돗개를 원한 건가?'

김지산을 섭외하고, 안정적인 체제를 흔들고, 새로 말 잘 들을 것 같은 사람을 올려보내는 건 자기 말대로 움직일 장기 말을 만들 때 쓰는 방법이었다. 수현도 잘 아는 방법이었다.

사람이 직접 움직이는 데에는 한계가 있었다. 게다가 이중영처럼 일단은 정부 밑에서 일하는 사람은 직속 부대를 많이 갖고 싶어도 눈치가 보였다.

그럴 때 이런 방법을 썼다. 다른 멀쩡한 용병 회사의 약점을 잡는 것이다. 그러면 원할 때 쓸 수 있지만 서류에는 남지 않는 편리한 말이 됐다.

아마 이중영이 이런 걸 원했던 게 분명했다. 진돗개는 국내에서 손꼽힐 정도로 거대한 회사였고, 움직일 수만 있다면 매우 큰 전력이었으니까.

물론…….

'내가 가져간다.'

이중영이 뭘 할지는 몰랐다. 그렇지만 그가 탐을 내는 걸 보니 내버려 두고 싶지 않아졌다. 수현은 직접적으로 개입해서 진돗개를 손아귀에 쥘 생각이었다.

남이 좋아하니 일단 뭔지는 몰라도 먼저 집는 탐욕스러운 정신!

이중영이 지금 여기서 돌아가고 있는 일을 알게 된다면 뒷목을 잡고 쓰러질 것이 분명했다. 기껏 공들여 세운 음모를 수현이 갑자기 쳐들어와서 완력으로 찢어버리고 있었다.

그러는 동안 최재호는 점점 쪼그라들고 있었다. 그는 눈을 굴리면서 여기서 그를 도와줄 사람을 찾았다. 이정우는 아니고, 이사들도…….

'젠장, 젠장!'

지금 상황에서 괜히 끼어들었다가는 김지산과 뭔가 손을 잡은 게 아닌가 하는 의심을 받을 테니, 다들 입을 다물고 있었다. 김지산과 나름 친하게 지냈던 사람은 식은땀을 흘리며 고개를 숙이고 있을 정도였다. 저래서야 당연히 최재호의 편을 들어줄 수 없었다.

남은 건…….

최재호는 수현과 눈이 마주쳤다. 평소에는 수현만 보면 속으로 재수 없다고 중얼거렸지만, 지금 그에게 수현은 저승에서 그를 구원해 줄 사람이었다.

─제발 좀 도와주십쇼!

"……?!"

수현은 놀랐다. 최재호가 도움을 요청해서 놀란 건 아니었다. 그건 이미 예상 아래에 있었다. 놀란 건 그가 텔레파시 아티팩트로 도움을 요청해서였다.

얼마나 다급했으면…….

자리를 잠깐 비우고 말로 해도 됐을 텐데, 최재호의 안절부절못하는 얼굴을 보니 그의 상태가 어떤지 짐작이 갔다. 평생 쌓아 올린 게 날아가기 직전이니 어쩔 수 없었다.

－지금 제가 텔레파시로 보내고 있는 겁니다.

－알아, 나도 할 줄 알거든.

－……?!

대답이 들려올 거라고는 생각하지 못했기에 최재호는 놀랐지만, 금세 추슬렀다. 수현 정도면 아티팩트가 있든 초능력이 있든 놀랄 게 아니었다. 그보다 더 중요한 건 지금 그의 처지였다.

－도와주십시오!

－내가 왜?

워낙 당황한 최재호였기에 수현이 말을 놓고 있는데도 눈치를 채지 못했다.

－어…… 우리 인연이 있지 않습니까?

말해놓고서도 최재호는 스스로 어이가 없었다. 이런 상황에 인연이라니. 물론 그가 수현과 인연이 있기는 했지만 그게 꼭 긍정적인 인연은 아니었다.

거의…….

"우리 쪽에 들어와라. 하위 팀의 팀장으로 넣어주지. 엉클 조 컴퍼니? 거기 같은 곳에 있어봤자 뭔 미래가 있지?"

"강인규? 그 멍청하고 능력 없는 소심한 놈? 그놈을 데리고 간다고? 나야 좋지! 멍청해서 정말 다행이야!"

지금 생각하면 낯 뜨거운 과거의 연속!

최재호가 떠올리면 이불을 걷어차고, 수현이 떠올려도 별로 유쾌한 인연들은 아니었다.

그러나 그런 걸 꺼낼 정도로 최재호는 몰려 있었다.

수현은 친절한 웃음을 다시 한번 지어 보였다. 보통 수현을 좀 아는 사람들은 수현이 친절한 웃음을 지을 때 수현이 가장 위험하다는 걸 잘 알고 있었지만, 최재호는 수현이 친절한 웃음을 짓자 이제까지의 일도 잊어버리고 희망을 가졌다.

–확실히 그건 그렇군요.

–……!

–우리 인연이 보통 인연은 아니잖습니까.

—……!!

—도와드리겠습니다.

—감, 감사합니다!

—최재호 씨를 믿으니까 도와드리는 겁니다. 최재호 씨가 이런 일을 저지를 사람이 아니라는 걸 잘 알고 있으니 말입니다.

—정말 감사합니다!

둘이 텔레파시를 나누는 동안, 이정우는 앉아 있다가 더 이상 참지 못하고 입을 열었다.

"저기, 왜 두 분 다 말이 없으십니까?"

수현은 약속을 지켰다. 합의가 끝나자마자 최재호를 변호해 준 것이다. 최재호는 김지산과 별로 상관이 없었으며, 김지산은 그저 이정우를 끌어내리고 다루기 편한 인물을 올리려고 했을 뿐이었다고.

"네? 다루기 쉬운 사람이요?"

"아, 아니요, 다루기 쉬운 사람이 아니라…… 그냥 그럴듯한 사람이라고 하죠."

도중에 나온 말실수는 적당히 넘어갔다. 그것만으로도 최재호는 수현에게 한없이 고마워했다.

사람 마음이라는 게 기묘한 것이, 무언가를 계속 잘해주다가 하나를 못 해주면 감정이 상하지만, 무언가를 계속 못 해주다가 하나를 잘해주면 고마운 마음이 샘솟는 것이다. 이런 특별한 상황에서라면 더더욱.

"정말 감사합니다, 김수현 씨!"

"별거 아닙니다."

"제 힘이 필요하시지는 않겠지만 혹시 필요한 일이 있으시다면 편하게 불러주십시오. 와서 도와드리겠습니다!"

"그렇다면야 그러도록 하죠."

최재호는 지금까지 했던 일들을 잊어버리기라도 한 것처럼 굽신거렸다. 이정우가 보고 기가 막혀 할 정도로.

'저 인간 줄 갈아타기로 마음먹었나?'

"김지산은 어떻게 됐습니까?"

"범행 사실을 모두 자백했답니다."

"공모한 게 누군지는 밝혀지지 않았고요? 설마 그놈이 숨겼다거나……."

"그렇게 이기적인 놈은 공범을 못 숨깁니다. 아마 정말로 모르는 거겠죠. 자기 형량을 줄일 수 있다면 뭐든지 팔 놈입니다."

물론 수현이 아무것도 하지 않고 넘기지는 않았다. 수현은 김지산을 넘기기 전에 손수 아는 것을 털어놓게 만들었다. 거의 사람을 쥐어짜는 수준이었다. 직접 했기에 아는 게 없다는 걸 믿을 수 있었다.

"저는 생각지도 못했습니다. 내부에서 그런 거래를 하는 놈이 있을 거라고는……."

진돗개 내부에서도 꽤나 파장이 큰 사건이었다. 김지산 정도 되는 인물이 정보를 넘겨서 용병들을 엿 먹이게 하다니.

보통이라면 상상할 수도 없는 사건이었고, 그렇기에 더 충격은 컸다.

관련자 모두 내부 조사에 들어갔고 용병들은 진정시키기 위해 이런저런 조치가 나오고 있었지만 분위기는 쉽게 가라앉아지지 않았다.

사실, 지금 가장 의심을 많이 받고 있는 건 중국이었다.

―저놈들이 또 작전을 건 거 아니냐?

원래 가장 의심스러운 사람들이 용의자가 되게 마련이었지만, 진상을 알고 있는 수현에게는 별로 와닿지 않았다.

"그러면…… 작별이군요. 이제까지 수고 많으셨습니다. 진돗개에서도 잘하실 겁니다."

수현은 이소희에게 손을 내밀었다. 이소희는 그 손을 잡았다.

"저 사람에게 무슨 일이 있었는지 들었습니다."

"이정우가 저 사람…… 아니, 됐습니다. 그리고 별일 아니었습니다."

이정우와 사이가 안 좋은 건 수현이 알 바 아니었다. 그리고 실제로 별일도 아니긴 했다. 나중에 이중영이 무언가 수작을 부리지 못하도록 수현이 먼저 손에 쥐어버린 것뿐. 별로 어렵지도 않았고 힘들지도 않은 일이었다.

"감사합니다. 여기서 있었던 일들도, 저한테 해주셨던 일들도 잊지 않을 겁니다. 그럴 일이 있을지 잘 모르겠지만, 제 힘이 필요하면 언제든지 말해주세요. 도우러 가겠습니다."

"그거 방금 최재호가 말했던 것 같은데, 훨씬 더 믿음직스럽긴 하네요."

다른 건 몰라도 진돗개를 마음대로 할 수 있다는 건 크나큰 장점이 될 게 분명했다. 단순히 주주뿐만이 아니라 안에서 일하는 용병들을 직접 부릴 수 있었으니까.

이중영이 무슨 생각을 하고 있든 간에 이걸로 그의 일은 막힌 셈이었다.

'내 일이 바빠서 신경을 못 쓰고 있었는데…… 슬슬 이 자식도 처리를 해줘야겠군.'

인공 아티팩트, 초능력 각성, 중국 쪽 권력 다툼 등 묵직한 사건을 정신없이 달려온 탓에 이중영처럼 별 같잖은 놈은 그냥 내버려 두고 있었다.

그러나 이중영 같은 독종은 포기하는 법이 없었다. 이대로 두면 또 끈질기게 무언가를 할 것이었다.

언제나 가장 좋은 방법은 선공이었다.

74장
투명 슬라임(1)

"자, 여기."

"어, 고마워."

수현은 샤이나의 저택에 와 있었다. 그녀가 수현을 초대한 것이다.

요즘 바쁘게 돌아다니느라 다른 팀원들을 신경 쓰지 못한 것 같아 수현은 샤이나의 초대에 응했다. 다른 팀원들도 데리고.

"……."

옆에 앉은 김창식이 곽현태에게 작게 속삭였다.

"아무래도 우리는 초대 안 한 거 같지?"

"그런 것 같은데……."

"우리가 뭐 잘못해서 팀장님이 벌주는 거냐?"

"아니, 그냥 별생각 없는 거 아니야?"

다크 엘프들이 우글거리는 저택에서 샤이나의 눈총을 받는 건 가시방석에 앉는 것이나 다름없었다.

샤이나는 한숨을 쉬더니 어깨를 으쓱거리고서는 포기한 표정으로 말했다.

"별로 신경 안 쓰니까 그냥 있어."

"감사합니다!"

그러는 동안 수현은 다른 다크 엘프들의 환대를 받고 있었다.

"자, 이것도 좀 드세요."

"아, 감사합니다."

"이것도."

"아니, 잠깐만. 이거 지금 먹고 있는데……."

"뭐야, 벌써 대접했어? 나도 그러면 줘야겠군!"

'다크 엘프가 암살하는 방법이 바뀌었나?'

이들이 주는 대로 먹다 보면 배가 불러서 죽을 것 같았다. 다크 엘프식 요리가 계속해서 이어져 나오자 수현은 샤이나에게 눈빛을 보냈다.

'이 사람들 좀 말려봐!'

돌아오기 전에는 이런 다크 엘프들을 본 적이 없었다. 다크 엘프들은 언제나 오지에서 만나면 위협적인 적이었다.

카메론 환경에 대한 해박한 이해와 강력한 초능력, 그리고 투쟁심까지. 몬스터와 비교할 수 없는 지능을 가졌기에 상대하기 더 까다로웠다.

그러나 지금 저택에서 수현에게 달려드는 다크 엘프들은 손님을 대접하지 못해서 환장이라도 한 것 같았다.

옆에서 소외당하고서 음식을 깨작대던 김창식이 화제를 만들기 위해 다크 엘프 하나를 붙잡고 물었다.

"이건 뭔 요리입니까?"

"그거? 개구리였나 달팽이였나…….”

"……."

김창식은 조용히 접시를 내려놓았다.

아, 때로는 관심과 애정을 안 받는 게 좋을 때도 있구나!

수현은 이 다크 엘프들이 왜 이러나 궁금해졌다. 분명히 저번에 다크 엘프들의 마을에 갔을 때만 해도 꽤나 공격적이었던 것이다.

물론 이 저택에 있는 다크 엘프들은 그 마을과는 조금 다르기는 했다. 인간 사회에 오고 싶어 하는 젊은 다크 엘프들만 찾아온 것이니까.

덜컥—

"너는 왜 그 모양이 됐냐?"

"밖에서 놀고 왔습니다!"

"네가 십 대 청소년이야?"

문서연이 엉망이 된 꼴로 들어오자 수현은 어이가 없어서 되물었다.

다크 엘프 하나를 붙잡고 부탁하자 다크 엘프는 기꺼워하며 수건을 갖고 왔다. 부탁한 수현도 당황할 정도였다.

'애네 진짜 뭐 잘못 먹었나?'

위협적인 다크 엘프보다 더 두려운 건 친절한 다크 엘프였다. 무슨 생각을 하는지 알 수가 없었으니까.

"근데 밖에서 뭘 했는데? 놀 만한 게 있나?"

"포슈칸 호랑이가 있었습니다! 좋은 승부였지 말입니다!"

"?!"

그 말을 들은 샤이나가 황급히 밖을 쳐다보았다. 저택 부지에서 기르는 포슈칸 호랑이가 헥헥대며 쓰러져 있었다.

"포슈칸 호랑이하고 맞붙은 거야?!"

"그런데 팀장님, 이 저택 모양이 이상합니다. 생긴 게……."

"쉿, 여기서 그 말 꺼내지 마라."

기껏 초대한 샤이나의 기분을 망치고 싶지 않았다. 수현은 재빨리 문서연의 입을 막았다.

"그런데 루이릴은? 왜 안 오지?"

"바쁜가 봐."

샤이나는 무심한 듯 그렇게 말했다. 그러나 그 순간, 앞에서 순간이동으로 루이릴이 나타났다.

루이릴은 샤이나의 얼굴에 코가 닿을 정도로 가까이 다가가서 속삭였다.

"감히 나를 속여?"

"무슨 말인지 모르겠네?"

수현은 샤이나를 보며 물었다.

"뭐야, 네가 루이릴한테 말했다면서?"

"까먹었나 봐."

"까먹기는 무슨!"

루이릴은 투덜거리며 자리에 앉았다. 그녀가 자리에 앉자 다크 엘프들은 잔과 그릇에 물을 부었다.

"어…… 먹을 거는?"

"물 먹으면 되겠네."

"나 화내도 되지?"

루이릴이 수현을 보며 묻자 수현이 작게 고개를 저었다.

"너도 네 저택 생기면 거기서는 다크 엘프들 괴롭히게 해 줄게. 여기서는 좀 참아라."

"$!&!@*……."

"고대 엘프 언어는 통역기에 안 잡힙니까?"

"아니, 잡히기는 해. 저건 욕설이라 그렇지."

대충 식사가 끝나고, 모인 대원들이 전부 만족스러워하자 (루이릴은 제외하고), 샤이나는 헛기침을 하며 중앙에 섰다. 초대를 한 집주인으로서 인사를 할 시간이었다.

"모두, 오늘 여기 와줘서 정말 고마워. 초대하지 않은 사람들도 있지만⋯⋯."

수현과 문서연을 제외한 모두가 시선을 피했다. 루이릴은 보이지 않게 손가락으로 엘프식 욕을 만들어 보였다.

"앞으로 이런 자리를 많이⋯⋯."

쾅!

누군가 문을 거세게 열자 루이릴이 중얼거렸다.

"초대받은 손님만 들어오게 해야 하지 않아?"

"샤이나 님, 큰일 났습니다!"

말을 한 다크 엘프는 안에 다크 엘프들만 있는 게 아니라, 다른 인간들까지, 심지어 엘프까지 있자 당황해서 멈췄다. 그러나 샤이나는 턱 끝으로 재촉했다.

"무슨 일인데?"

"마을에 문제가 생겼습니다."

인간 사회에 관심이 있는 다크 엘프들이 떠났다고 해서 인슈린의 질서가 달라지진 않았다. 인슈린의 다크 엘프들은 예전과 똑같이 지냈다. 트윈헤드 오우거가 나타났을 때도 굳건히 버렸던 그들이었다.

게다가 이 주변으로는 협정 때문에 수현 쪽이 아닌 다른 인간들은 접근하지도 않았다. 접근하게 둘 정도로 다크 엘프들이 상냥하지도 않았고.

"저거 뭐야?"

"뭐가?"

"저 바위 옆에 있는 거."

그래서 처음 '그것'을 봤을 때 별로 긴장하지 않았다. 요즘 주변에 위험한 건 전혀 없었으니까. 다크 엘프 보초는 신기하다는 표정으로 바위 앞까지 걸어갔다.

"너 이런 거 본 적 있냐? 처음 보는데?"

"되게 신기하게 생겼는데……? 뭐지?"

그들은 창의 뭉툭한 끝으로 쿡쿡 찔러보았다. 물컹한 느낌이 들었을 뿐 아무런 반응이 없었다.

"살아 있는 건가?"

"모르겠…… 헉!"

순간 창이 빨려 들어갔다. 작은 바위만 한 크기를 가진, 물컹물컹한 놈이었지만 순식간에 창을 삼킨 것이다. 다크 엘프들은 기겁해서 물러났다.

"뭐야, 저거?"

"일단……!"

손에서 번개가 튀었다. 다크 엘프는 초능력자였던 것이다. 그러나 놈은 번개를 맞고서도 아랑곳하지 않았다. 오히려 다크 엘프에게 달려들기 시작했다.

겉모습은 전혀 위협적이지 않았지만, 다크 엘프들은 겁을 먹었다. 본능적인 이유였다.

그들은 몸을 돌려 달아나기 시작했다.

"일, 일단 다른 사람들을 부르자!"

보초들의 보고에 다크 엘프 전사들은 일단 몰려왔다. 그러나 그들은 곧바로 어이없다는 표정을 지었다.

상대는 오우거도 아니고, 늑대도 아니고, 그냥 물컹물컹한 덩어리였던 것이다.

"오우거가 아니었어? 그런데 이렇게 호들갑을 떤 거냐?"

"아니, 저놈이 뭔가 이상합니다! 제 창을 삼키고, 총탄도 삼키고…… 초능력을 썼는데도 통하지 않았습니다!"

"그래?"

다크 엘프는 고개를 갸웃거리며 주먹을 쥐었다. 그의 장기, 락 스피어는 다크 엘프들 사이에서도 강한 위력으로 이름이 높았다.

콰지지직!

바닥에서 가시 형태의 바위가 솟구치며 덩어리를 관통시켰다. 그걸 본 다크 엘프들은 '그러면 그렇지' 하는 표정을 지었다. 아무리 봐도 강해 보이지 않았던 것이다.

"됐냐? 앞으로는 다른 사람들을 부르기 전에 생각 좀 해라. 수련 좀 더 하고."

"어, 저, 저거……."

흘러내린 덩어리는 그대로 다시 뭉쳐졌다. 그리고 이번에는 제대로 덮쳤다.

"으아악!"

"?!"

"떨어뜨려!"

다크 엘프는 흔적도 없이 사라졌다. 경악한 다른 다크 엘프들은 거리를 벌리고 공격을 시작했다. 그러나 물컹물컹한 덩어리는 아랑곳하지 않고 반격했다.

초능력을 공격해도 멈추지 않았고, 총탄과 폭탄을 퍼부어도 금세 재생했다.

덩치도 조금 커진 것 같았다. 전혀 위협적인 생김새가 아니었지만, 자리에 있는 다크 엘프들은 겁에 질렸다.

파지직!

그리고 그 덩어리는 이제 입에서 번개를 토해내기 시작했다.

자리에 있던 다크 엘프는 판단력이 좋았다. 바로 결정을 내렸다.

"후퇴해라!"

"슬라임이야."

"예?"

샤이나의 할머니, 셀리나는 모인 다크 엘프들에게 그렇게 말했다. 가장 아는 게 많은 셀리나에게 정체불명의 적이 무엇인지 물어보기 위해서 모인 것이다.

"슬라임이면, 그⋯⋯?"

"정글이나 지하 동굴에서 나오는, 무기 녹이는 놈이요?"

"부정형에, 색은?"

"투명했는데⋯⋯."

"설명을 다 들어보면 아무리 생각해도 슬라임인데."

"슬라임이 그렇게 강력한 몬스터였습니까?"

"아니, 슬라임은 원래 그렇게 강력한 몬스터가 아니야. 총알 몇 개는 견뎌도 폭탄이 터지면 다시 재생을 못 하지. 초능력에 내성이 있다? 들어본 적도 없어."

"그러면 슬라임이 아닌 거 아닙니까?"

"직접 가서 보는 게 낫겠군."

멀리서 꿈틀거리는 덩어리를 본 셀리나는 눈을 가늘게 뜨더니 고개를 끄덕였다.

"슬라임 맞네."

"슬라임이라고……?"

"셀리나 님, 슬라임이고 뭐고 지금 정체가 중요한 게 아닙니다. 중요한 건 저놈의 처리 방법입니다! 저놈이 벌써 세 명을 삼켰습니다. 세 명을!"

"나도 귀 있네. 조용히 좀 해보게나."

슬라임은 배가 부른지 얌전히 있었다. 그러나 셀리나의 눈에는 불길하게 느껴질 뿐이었다.

만약 나중에 저놈이 움직이게 된다면?

"다른 다크 엘프들을 모읍시다. 불러서 선공을 가하죠! 놈이 어쩌겠습니까?"

"너희들이 모여서 공격했을 때, 저놈이 겁을 먹거나 움찔하기라도 했나?"

"그러지는 않았습니다만……."

"관둬라. 상대가 어느 정도로 견디는지도 모르면서 선부르게 공격할 수는 없어. 게다가…… 놈이 번개를 쏘았다고?"

"예."

"분명 저놈에게 당한 애가 번개를 다룰 줄 알았지."

"……!"

셀리나의 말에 다크 엘프들은 경악했다. 설마 먹은 놈의 능력을 흡수할 수 있다는 건가?

"설마, 그럴 리가요!"

"우연의 일치일지도 모르지만 아닐지도 모르지. 조심해서 나쁠 건 없다."

카메론에서 오래 살면 생기는 건 조심성밖에 없었다. 상대가 약해 보인다고 덤비는 건 멍청이들이나 하는 짓이었다.

"그러면 어떻게 하죠?"

"일단 시간을 두고…… 놈을 관찰하자. 아직 움직이지는 않으니까. 주변에 말을 전해라. 위험한 놈이 나타났다고."

저 슬라임이 위험하다고 말하는 것도 민망하기는 했지만, 셀리나는 충분히 그럴 만하다고 생각하고 있었다.

"그리고 누가 샤이나에게 연락을 해. 도움이 필요하다고."

"예? 그러면 그 인간도 올 텐데요?"

"문제라도 있나?

"욕심 많고……."

"성격도 더럽고……."

"저희를 무시하고……."

"그리고 너희보다 강하지. 그래, 부르기나 해라. 정작 부른다고 도움을 받을 수 있는 것도 아닌데 섣부르게 행동하지 말고."

"슬라임??"

카메론에서 나름 겪을 수 있는 건 전부 겪었다고 생각한 수현이었지만, 처음에는 다크 엘프가 농담을 하는 줄 알았다.

"슬라임 때문에 널 불렀다고?"

"그러게……?"

샤이나도 좀 당황스러운 모양이었다.

'속임수 아냐?'

가족들이 마을로 다시 그녀를 불러오려고 수작을 부리는 게 아닌가 하는 의심이 들 정도.

"아니, 그래도…… 마을 전체를 동원해서 그런 짓을 하지는 않겠지. 게다가 너도 불렀는데 그런 속임수를 썼겠어?"

"날 부른 거랑 속임수하고 무슨 상관인데?"

"그야…… 네가 오는데 속임수를 썼으면 마을이 불바다가될 테니까?"

"……그래."

수현도 부정할 수 없는 사실이었다. 스스로가 한 전적이 있었기 때문이었다.

"슬라임, 슬라임이라…… 아니, 근데 슬라임이 왜?"

"들어보니까, 어떤 물리 공격도 다 그냥 재생을 해버리고, 초능력은 통하지 않고, 삼켰을 경우 능력 흡수를 하는 것 같다고…….

"그건 이미 슬라임이 아닌데?"

자리에 모인 대원들도 소식을 듣고 한마디씩 떠들기 시작했다. 그들도 슬라임에 대해서 들은 적이 있거나, 만난 적이 있었던 것이다.

"잡담은 그만. 직접 가서 보면 뭔지 확인이 되겠지."

"저도 따라가겠습니다!"

"아…… 너는 좀…… 상성이 안 좋지 않을까?"

맞는 말이었다. 들은 정보가 사실이라면, 상대할 때는 원거리 위주로 싸워야 했다. 근접해서 싸우는 스타일은 상성이 맞지 않았다.

그러나 그 말을 들은 문서연은 대번에 시무룩해졌다.

"미안. 나중에 싸우게 해줄게."

"네……."

"미안하다니깐. 일단 빠르게 준비해서 이동하자고. 오래 내버려 뒀다가는 무슨 일이 생길지 모르니까."

이런 몬스터를 상대할 때는 초기 대응이 중요했다. 괜히 시간을 낭비하지 말고 빠르게 제압해야 별일이 없었다.

정체도 확실하지 않은 데다가 성장형 몬스터인 느낌이 났다.

성장형 몬스터는 비교적 희귀한 종류였다. 자라면서 빠르게 강해지는 계열의 몬스터. 종에 따라 매우 골치가 아파질 수 있었다.

'미리 때려죽여야…… 근데 진짜 슬라임 맞나?'

수현은 강인규와 김창식, 샤이나를 데리고 인슈린에 와 있었다.

물론 그들만 온 건 아니었다. 만약의 사태를 대비해 기본적인 인원들이 있었다. 물자를 관리하고 총을 들 수 있는 전투원들이었다.

외부인들이 나타나자 바로 다크 엘프들이 달려왔고, 그들은 수현의 얼굴을 보자마자 바로 몸을 돌려서 달아나려 했다.

그리고 수현은 바로 그들을 붙잡았다.

"인사도 안 하나? 응?"

"세, 셀리나 님한테 보고하려고 했다."

김창식은 수현이 손을 들 때마다 겁을 먹고 움츠리는 다크 엘프 보초를 보고 신기하다는 표정을 지었다. 마치 훈련이라도 받은 것 같았다.

"안내나 해라."

"⋯⋯알겠다."

"놈은 어디 있지?"

"그게⋯⋯."

다크 엘프는 머뭇거리면서 입을 열었다. 수현은 그가 왜 머뭇거리나 했다. 그러나 대답을 들었을 때, 그가 왜 머뭇거렸는지 알 수 있었다.

"사라졌다고?"

"사, 사라진 게 아니라 저 밑으로 내려갔다고."

"그게 사라진 거지."

기껏 수현을 불렀는데 적이 사라지다니. 수현의 성질을 아
는 다크 엘프들 입장에서는 안절부절못할 만했다.

수현은 고개를 저으며 물었다.

"그래서 뭐야. 몬스터는 퇴치됐고. 우리는 그냥 돌아가면
되는 건가?"

"그건 아니다. 놈은 분명 다시 나타날 거다!"

"뭔 몬스터인지 파악도 못 했으면서 입은 살아가지고…….
일단 들어나 가자고. 여기 계속 밖에 서 있을 수는 없으니."

수현은 일행을 데리고 마을 안으로 들어가며 생각에 잠겼다.

저런 슬라임은 듣도 보도 못 한 놈이었다. 슬라임은 짜증
나고 귀찮은 몬스터였지, 위협적인 몬스터가 아니었으니까.
보통 저렇게 공격을 견딜 수 있다는 것 자체가 이상했다.

"그래, 나도 그렇게 생각하네."

셀리나는 수현의 말을 듣자 고개를 끄덕였다. 지금 둘은

마을의 회의실에 있었다. 다른 다크 엘프들은 밖에 세워두고 대화를 하기 위해 들어온 것이다.

"저 젊은 애들 앞에서는 내색하지 않았지만, 생각보다 위험한 놈이야. 우습게 생겼다고 절대 만만하게 볼 수가 없네."

"말해준 것만 들어도 절대 만만한 몬스터가 아니지. 그래서 나를 부른 건가?"

"그래, 내가 아는 사람 중 가장 강한 사람이니까. 게다가 인간들은 정보 공유가 빠르니 저 몬스터에 대한 것도 혹시 정보가 있을까 했네."

"아니, 그건 아니야."

수현은 고개를 저었다. 오기 전에 이미 한국, 미국, 심지어 중국의 데이터베이스까지 확인을 한 상황이었다. 우샹카이는 자다가 억지로 깨워져서 단말기까지 달려가야 했다.

이 세 나라의 데이터베이스에 없다면 아직까지 인류가 모른다고 봐야 했다.

"그런가? 그렇다면……."

"놈이 사라졌다고 했지?"

"밑으로 내려갔으니 아마…… 산이나 숲 쪽으로 간 게 아닐까 싶네."

"이런."

"왜 그러지?"

"그 주변에도 몬스터가 있을 텐데. 놈이 흡수해서 성장할 가능성이 있다고 하지 않았나?"

"……!"

"일단 빠르게 찾아보지. 찾는 거 자체는 어렵지 않을 거야."

"어렵지 않다니, 방법이라도 있나?"

그런 특이한 몬스터라면 특유의 기운을 뿌리고 다닐 것이다. 게다가 이 주변은 그렇게 시야가 좁은 편이 아니었다. 수현에게는 충분히 편한 곳이었다.

"그런데 이렇게 나를 불렀다는 건, 당연히 생각을 하고 부른 거겠지?"

"물론, 뭘 바라나?"

"말이 통해서 좋아. 이렇게 나와야 서로 편하지."

"샤이나하고 결혼은 어떻게 생각하나?"

"일단 그 소리는 샤이나한테 그대로 전해주지."

"……."

수현은 비석을 꺼내서 앞에 박았다. 그걸 본 셀리나는 신기하다는 표정을 지었다.

"이게 뭔가?"

"일종의 통로지. 아주 고대의 유물이자…… 내가 원하는 건 이걸 아주 잘 관리해 주는 거야. 아무한테도 들키지 않게. 비밀이 새어 나가는 순간 그 즉시 날 엿 먹인 걸로 알겠어."

수현은 담담하게 말했지만 셀리나는 그 안에 담긴 뜻을 빠르게 이해했다. 그녀도 다크 엘프였다. 협박에는 대가였다.

"……이해했네. 그런데 이건 설마…….."

"그 설마야."

"가문에서 보관하지. 가문의 지하를 사용하면 될 거야. 그런데 이걸로 뭘 할 생각인가?"

"미리미리 준비를 해두는 거지."

언제나 만약의 상황을 준비하는 건 수현의 장기였다. 돌다리를 두드린 다음에 옆에 강철로 만들어진 다리를 새로 만들고 텔레포트로 넘어가는 수준의 철저함.

"그러면 바로 놈을 찾으러 가 보겠어."

"쉬지도 않고 말인가?"

"별로 지치지도 않았고, 오래 둬봤자 좋을 놈이 아니니까. 우리는 바로 움직일 수 있거든."

"찾았다."

"어디 있습니까? 안 보이는데?"

"여기서는 사각이야. 드론 띄우고 접근하자."

"드론도 먹을까요?"

"궁금하긴 한데. 한번 해볼까. 해봐."

"예."

수현의 명령에 대원은 고개를 숙이고 드론을 조종했다.

그들은 경력 많은 군인으로 구성된 대원들이었다. 수현이 일반 대원들이 필요할 때 데려가라고 정부에서 붙여준 것이다.

인공 아티팩트부터 시작해서 온갖 빚을 지기도 했지만, 수현이 혼자 다니지 않게 하는 것도 있었다. 마법사가 혼자 다니다가 비명횡사라도 한다면 그만큼 어이없는 일도 없을 테니까.

그들은 만약의 상황이 벌어지면 목숨을 바쳐서라도 수현을 탈출시키라고 명령을 받은 상태였다.

그렇다고 해서 그들이 불만이 있지는 않았다. 오히려 이 일행에 끼기 위한 경쟁은 엄청나게 치열했다. 정부와 수현 양쪽으로부터 보상을 두둑하게 받는 것이다. 흔하게 잡을 수 있는 기회가 아니었다.

우우웅―

"영상 확보하고, 데이터부터 남기자고. 처음 보는 몬스터니 꽤 귀중한 정보다."

풀 한 포기 없는 바위 위에서 늘어지듯 있는 반투명한 덩어리가 시야에 들어왔다. 드론은 자극하듯 슬라임 위로 접근했다.

덥석!

"······!"

조종하던 대원이 놀란 표정을 지었다. 순식간에 드론이 슬라임 안으로 사라진 것이다.

"안에 뭐 나와?"

"그, 그냥 녹아버렸습니다."

"생각보다 대단한 놈이군. 좋아, 사냥을 해볼까. 아직 안 움직이지?"

"예."

"내가 말한 좌표 지정해 두고, 말하는 대로 바로 사격하도록."

수현이 전력을 다해 초능력을 퍼부었을 때 견디는 놈은 없었다. 그런데도 수현은 치밀하게 판을 짜고 있었다. 편집증 수준의 집요함이었다.

"인규야, 네가 먼저 가야겠다. 놈에게 걸 수 있는 저주는 전부 걸어버려."

"예!"

강인규는 수현의 말에 굳은 표정으로 움직였다. 수현이 옆에 있으니 겁이 나지는 않았다.

스읍—

팟!

한 번 숨을 내쉬고 힘을 쓰자 슬라임이 펄쩍 뛰었다. 적을 감지한 것 같았다. 수현은 바로 강인규를 데리고 텔레포트로 거리를 벌린 다음 돌아왔다.

'저주도 견디나?'

가장 먼저 시험하고 싶은 건 물리 내성이었다. 수현은 단단한 암석을 창처럼 솟구치게 만들었다. 슬라임의 몸통이 쪼개지고 박살 나며 사방으로 비산했다. 그리고 다시 빠르게 뭉치기 시작했다.

"?!"

놈은 수현의 공격에 당황했는지, 몸을 단단하게 만들기 시작했다.

'저런 능력은 들은 적이 없는데?'

수현은 염동력으로 놈을 후려쳤다. 동시에 강력한 에너지 레이저로 슬라임을 요격했다. 단단하게 만든 건 아무 의미가 없었다. 슬라임은 다시 한번 사방으로 비산했다.

그리고 빠르게 뭉쳤다.

"허, 참……."

재생력 하나만큼은 무시무시했다. 수현은 손을 흔들어 가상의 독소를 만들어냈다. 그리고 바로 놈에게 쏘아 보냈다.

그러고도 멈추지 않았다. 다음에 들어갈 공격은 초능력 콤비네이션. 어지간한 초능력 무효화도 뚫어버리는 공격이었다.

'염동력과 에너지 포를 결합시켜서 쏜다!'

어지간한 물질은 다 녹여 버리는 맹독을 맞자 슬라임은 순식간에 녹아내렸다. 다시 재생하는 놈을 봤지만 수현은 멈추지 않았다. 바로 다음 공격을 찔러 넣었다.

콰콰콰콰쾅!

드론으로 전투를 보던 대원들은 입을 벌렸다. 그들의 상식과는 너무 벗어나 있는 싸움이었다.

"와, 이런 미친……."

그러나 수현은 어이가 없었다. 그제야 깨달았다.

저놈은 초능력 무효화나 그런 게 아니었다. 그냥 두들겨 맞고, 가공할 재생력으로 회복하고 있는 것이었다. 그리고 저 재생력은 초능력 계열이 아니었다.

그런 것이었다면 수현의 공격을 견딜 수 없었다. 그냥 선천적으로 갖고 있는 재생력이었다.

수현이 공격을 멈추자 약해진 거라고 오해했는지 슬라임이 반격에 나섰다. 몸통에서 번개를 쏘아낸 것이다. 웃기지도 않는 공격이었다.

수현은 손을 흔들어 번개를 튕겨낸 다음 허공에서 세 줄기의 벼락을 만들어내 슬라임을 지져 버렸다.

슬라임의 재생력도 어마어마했지만 수현의 마력도 어마어마했다.

이런 공격이라면 회복되는 속도가 더 빨랐다. 슬라임은 반격 한번 했다가 미친 듯이 두들겨 맞기 시작했다.

"팀장님! 언제까지 하실 겁니까?!"

김창식은 수현이 걱정이 되어 외쳤다. 그러나 수현은 냉정하게 말했다.

"몇 주일은 더 할 수 있으니까 내 걱정은 하지 마라. 그나저나 무슨 물로 만든 샌드백도 아니고, 이 재생력은…… 그냥 포획을 하는 게 나을지도 모르겠는데."

수현의 말을 듣지는 못했지만, 계속 두들겨 맞고 재생하던 슬라임은 위기를 느꼈는지 처음 보는 행동을 했다.

"……?"

부들거리며 놈이 떨어대자 수현은 고개를 갸웃거렸다.

지금 저게 뭐 하는 짓이지?

"……!"

답은 금방 나왔다. 허공에 일렁거리는, 강력한 에너지의 집합체가 생겨났다. 전혀 위협적이지는 않았지만 수현은 저게 뭔지 아주 잘 알았다.

'차원문……!'

평양에 있는 차원문보다는 훨씬 더 거칠고 불안정했으며 작은 차원문이었지만, 저건 분명 차원문이었다.

수현은 어이가 없어서 입을 벌렸다. 일개 몬스터가 차원문을 다룰 줄 안다고?!

파지직!

그리고 슬라임은 바로 그 차원문으로 뛰어들어 사라져 버렸다. 사라진 순간 차원문도 사그라져 버렸다. 남은 건 수현의 공격으로 봉우리가 반쯤 날아가 버린 산뿐이었다.

"⋯⋯."

자리에 있던 사람들은 모두 입을 다물었다. 그만큼 예상하지 못한 결과였던 것이다.

"조금 많이 충격적인데⋯⋯ 몬스터가 차원문을 다룬다니. 이게 말이 되나?"

수현은 아직도 어이가 없어서 중얼거렸다. 그가 지금 갖고 있는 비석도 일종의 차원문이었다. 그러나 그걸 만들 수 있는 몬스터라니.

"긍정적으로 생각하면, 일단 놈은 사라졌잖습니까?"

"긍정적이긴 하네."

"그런 놈이 사라졌다는 게 더 골치 아픈데."

"그렇게 위험한 놈입니까? 팀장님한테 일방적으로 당하기만 하던데⋯⋯."

"공격력은 별거 없는데, 재생력이 장난이 아니야. 죽일 수 있는지 모르겠군. 애초에 살아 있기나 한 건가? 그냥 포획해야 할지도 모르겠어."

"일단 찾아야죠."

"이건 뭐…… 찾을 길이…… 어떻게 된 건지 알고나 싶군. 대체…… 아."

수현은 이 상황에 대해 물어볼 사람이 떠올랐다.

그가 아는 사람 중 가장 나이 많은 사람.

"전하!"

"그래그래, 호우얀. 물어볼 게 있어서 왔는데,"

"무엇이든지 물어보십시오. 소인의 기쁨입니다."

"이 비석이 다루는 차원문에 대해서 아는 게 있나? 이런 걸 만들 수 있는 몬스터라든가?"

"예? 그런 건 들은 적이 없습니다만. 그리고 차원문에 대해서 아는 것이라니, 뭐가 궁금하신 겁니까? 전하께서 다 아실 거라고 생각했습니다만."

"뭐든지 좋으니, 아는 걸 전부 털어놓으라고. 그리고 제발 내가 다 알고 있다는 생각은 버렸으면 좋겠군."

to be continued